新潮文庫

愛を笑いとばす女たち

坂東眞砂子著

新潮社版

7181

目次

愛を笑いとばす女たち

à mon bien-aimé Jean-Claude

ジャンクロードへ

南の島の「私だけの家」

あれは十歳くらいの時だった。幼なじみの友達二人と一緒に小学校から帰る途中、大人になったら何になりたいか、という話題になった。三十年ほども前の話なので、よくは覚えてないが、一人は、お嫁さん、もう一人は看護婦さん、と答えたように思う。最後に私の番になった。

それまで何度か似たような質問を受けたことはあった。しかし、いつも大人から聞かれることで、私が返答に詰まっていると、相手は決まったように「お父さんみたいに学校の先生になるのね」といいだした。私は考えるのが面倒で、「そう、先生になる」と答えて切り抜けていた。

しかし今回の相手は同じ年の友達だ。誘い水のような言葉はかけてはくれない。自分の頭で考えて、将来を探さないといけない。私は当惑しながら、あたりを見回した。

村の真ん中をまっすぐに貫く県道に沿って私たちは歩いていた。両側には緑の稲穂が広がり、その縁を盆地の山々が囲っている。頭上を覆《おお》っていた抜けるような空の水色をよく覚えている。

その空の青のせいだろうか、あたりに満ちていた夏の気配のせいだろうか、私は答えた。

何にもなりたくない。仕事なんかしたくない。

その時、頭の中にひとつの光景が浮かんでいた。南の島で、椰子《やし》の葉陰に寝ころんでいる私自身の姿だ。私は二人に向かって、南の島に行きたいと続けた。一日中ごろごろ寝て暮らして、お腹《なか》が空《す》いたら、近くのバナナの実をもいで食べるのだと。

私の中のどこからそんな夢が転がりでてきたのかわからない。自分でもあまりに非現実的な夢だと感じたから、二度と人前で口にすることはなかった。

十年ほど前、雑誌に記事を書いて生計を立てていた私は、仕事で時々南の島に行く機会に恵まれた。バリ、フィジー、ハワイ、サイパン、グアム、パラオ、クック、西サモアまで、太平洋に浮かぶ島はかなり回った。タヒチ島を訪れたのも、その時期だった。後に恋人となるジャンクロードに出会うという大きな出来事はあったにしろ、他の島に比べて特に惹《ひ》かれたわけではない。すでに現実に揉《も》まれて生きるようになっていた私には、南の島で何もしないで怠惰に暮らすことなぞ実現できない夢物語だとしか思えなかった。

だが、人は子供の時、自分が何をしているかも知らないままに、人生を決定しているのかもしれない。それとも遥《はる》かな未来を予見しているのかもしれない。人との縁と、人生の流れの移り変わりの果てに、私は今、タヒチに住んでいる。


南の島の一日はまだ暗いうちに始まる。目覚めて、窓の外を見ると、庭の木々が青い薄闇《うすやみ》に影となって浮かんでいる。

時々、朝だと思って目覚めると、明るいのは月のせいで、夜中の三時だったりすることがあるので、私は用心深く時計を見る。六時。起きだしてもいい時分だ。

ものの形がうっすらとしか見えない家の中を、そろそろと台所に向かって歩きだす。なにしろ床には沙蚕《ごかい》のような虫が何匹も這《は》っている。小さなものは二センチほど、大きなものは五センチほど。細かな脚がびっしり生えたものから、蚯蚓《みみず》状の無脚のものまでさまざまだ。たまに裸足《はだし》の裏に異物感があり、かちゃっと音がすると、その小さな虫が潰《つぶ》れている。血や内臓が出てくる感触はなく、セルロイドの玩具《がんぐ》が壊れたような感じだ。

台所の窓を開いて仄《ほの》かな明かりを取り入れ、エスプレッソ・コーヒーを沸かす。夜の間に屋根や窓にへばりついて小さな虫を食べていた守宮《やもり》たちが、米粒大の黒い糞《ふん》や白い尿を台所の作業台やテーブルの上にぽつぽつと落としている。最初の頃は紙などで取って棄《す》てていた糞だが、一ヶ月も過ぎると面倒になって、指でつまんで窓の外に放りだすようになった。たいてい一晩のうちに糞は固まっているが、たまにひねりだされたばかりの糞にぶつかると慌《あわ》てて水で指を洗い流す。

タヒチに住む前、一年と少しイタリアに住んでいた。住まいは、北部の町の近代的マンションだったから、虫というものとはほとんど縁のない暮らしをしていた。一九九八年の三月十五日、タヒチに引っ越してきて、まず克服しなくてはならなかったのは虫や小動物に対する違和感だった。

家の中にいても、蚊、蠅《はえ》、蟻《あり》、守宮、鼠《ねずみ》、蜘蛛《くも》、沙蚕《ごかい》に似た生き物、たまには百足《むかで》まで現れる。窓や天井にはいつも守宮が張りついているし、台所に砂糖一粒落としただけで、すぐさま蟻が群がっている。夜になると鼠がかりかりと台所の戸棚を齧《かじ》り、天井を見るといつの間にか蜘蛛の巣が翻《ひるがえ》っている。最初の一ヶ月ほどは、いちいちそれらに反応して、身を震わせていたが、あまりの多さに神経も緩んでしまった。これを慣れたというのだろうか。

まだ百足を見ると飛びあがり、蟻の行列を見ると焦《あせ》って粉末の殺虫剤を出入り口にふりかけ、沙蚕状の生き物を踏むと顔をしかめてしまうが、それでもたいていのことにはびくつかないですむようになった。

エスプレッソが沸くのを待つ間に、蚊取り線香に火をともして、コンピューターを起動させる。暑くなる前の朝のうちが仕事のはかどる時間だ。そうして濃いコーヒーを飲みながら仕事に入るのだ。

文章を書いている間に、朝焼けが空いっぱいに広がってくる。野生の鶏が鳴きだして、小鳥の囀《さえず》りが聞こえてくる。窓の前にある、茅《かや》に似た砂糖きびの茂みが、朝陽《あさひ》を受けて浮かびあがる。その頃になると、私は一休みしたくなって庭に出る。

朝露に濡《ぬ》れた庭を剪定鋏《せんていばさみ》を持って一回りする。そして、ハイビスカスの花や、名はまだ知らない花をいくつか切って、海岸で拾ってきた貝殻に活《い》ける。そのまま庭仕事に没入して、雑草をむしったり、花を植えたりしてしまうこともしょっちゅうだ。ふと、我に返って書斎に戻れば、コンピューターの画面は真っ暗になっている。再起動させて、仕事再開だ。だけど、また休みたくなると、ふらふらと庭に出ていってさぼってしまう。そうして午前中は、コンピューターの前と庭との往復で過ぎていく。

昼食を食べると、もうすでに外は暑くて、頭は疲れ、文章を書く気にはなりはしない。蚊帳《かや》を吊《つ》ったベッドに入って、うとうとと昼寝をしていると、二時か三時だ。そしてまた少しやる気が残っていたら仕事をして、夕暮れ時にまた庭仕事をする。ジャンクロードが訪ねてきたり、買い物や所用で町に行ったりする時以外はこうして一日が過ぎていく。

ヴァージニア・ウルフのエッセイに『私だけの部屋』(新潮文庫)というものがある。これには、「女性と文学」という副題がついていて、女性と文学との関わりを論述した作品だが、その冒頭に「婦人は、もし小説を書くとすれば、お金と自分ひとりの部屋を持たなければならない」という一節があった(西川正身、安藤一郎訳)。ウルフが生まれたのは一八八二年。このエッセイは、一九二八年に女子学生に向けて話したことの草稿を元にして書かれている。対象が女性なので、女性の自己確立ということに焦点があてられている。女性が仕事を見つけることや、自分でお金を自由に使うことが難しかった当時、それらが男性に掌握されている社会の現状に対して激しく憤《いきどお》るウルフの心情から迸《ほとばし》りでてきたものが先の言葉だった。

ウルフから四半世紀ほど後の一九一二年に生まれたアメリカの小説家・詩人にメイ・サートンという女性がいる。彼女は四十六歳で初めてニューハンプシャーの片田舎ネルソンに自分の家を持ち、そこで書いた作品上でレズビアン宣言をした。それゆえに大学での職を追われた経歴を持っている。このネルソンでの生活を記した日記に『独り居の日記』（みすず書房）がある。五十八歳の女の独り暮らしの一年を記したものだ。そこには厳しい冬の寒さ、近隣の人との交流などが書かれているが、その底には独り暮らしの孤独と、世の中や自分を囲むものに対する怒りが脈打っている。

ウルフとサートンの本を読むと、女にとっての私的空間というものを考えないではいられない。

ウルフは作家でもあり、結婚した女でもあった。彼女にとって夫からの経済的自立と、家庭における自分だけの部屋を持つことは大きな価値を持っていた。だから彼女は、女性が小説を書くには、金と自分だけの空間が必要だと説いた。小説を書く、というのは、要するに自分だけの世界を持った一人の人間であるためには、と置き換えてもいいだろう。女が自分の世界観を持つ一人の人間であるためには、金銭的自立と自分だけの空間が必要だというのは、私にはよく理解できる。しかし、自分だけの空間を説明する時、「私だけの部屋」といったところに、ウルフの限界が現れている。この意味するところは、夫の家の中での「私だけの部屋」だからだ。結婚した女である以上、ウルフの私的空間は、夫の手に握られている。

サートンが『独り居の日記』を書いたのは、一九七〇年。アメリカではウーマンリブ運動が起こり、女性が経済的に自立して、自分だけの空間を持つこと、さらには結婚を拒否して、同性愛宣言をすることの可能になった時代だ。ウルフより四半世紀ほど後に生まれたおかげで、サートンは、結婚のしがらみに足を突っこまず、金と空間を手に入れた。しかも、この空間は、部屋のようなみみっちいものではない。三万六千坪もの敷地にある十八世紀に建てられた大きな家だ。

ウルフの意見が正しいなら、必要なものを手に入れたサートンは幸せのはずである。しかし『独り居の日記』に満ちている孤独感と、何かに対するいいようのない怒り、苛立《いらだ》ち、というものはいったいなぜ生まれてくるのだろうか。サートンは、ウルフの「私だけの部屋」から出発し、どこかで道を間違えたのではないかと私は感じる。

私はサートンよりも半世紀ほど後に生まれた小説家だ。世の中はますます女性の生きやすい時代となっていた。経済的に自立することは、さほど困難なことではなかったし、タヒチという島に、「私だけの家」も確保した。サートンの家ほど大きくはないが、まずまずの広さだ。これこそウルフの願った「私だけの部屋」の延長、女が手に入れた私的空間である。ここで私は、ウルフともサートンとも違う何かを発見できるのではないかと思っている。

タヒチ島のあるフランス領ポリネシアは、植民地時代、「海の彼方《かなた》」と呼ばれていた。フランス語では、それはその名の如《ごと》く、海の彼方にある領土を示していたと同時に、晴れた日の水平線の近くに見える紺色と紫の混じった青色のことも意味しているという。

タヒチには、日本でいう番地はない。住所といえば、近隣の集落より何キロかという表示の仕方しかない。それで人々は自分の土地を示すために、勝手に名前をつけることができる。

私は自分の土地に「海の彼方《ウートル・メール》」という名前をつけた。この地が、私をウルフよりも、サートンよりも遠い、遥かな彼方に導いてくれることを期待しつつ。

西を目指す女

私の家は海を見下ろす丘の上に建っている。最初にこの土地を見た時は、丸坊主《まるぼうず》に近い丘だった。山の斜面を切り崩して造成されたばかりの土地だ。剝《む》きだしになった赤茶けた土の斜面には、ピスタッチオの木が二、三本。草も生えない岩盤に覆《おお》われた頂には、背の高い椰子《やし》の木が二本並び、背後の土地との境ぎりぎりにマンゴーの大木が無数の腕を広げていた。

私は丘の上のマンゴーの木の下に積み重ねられた岩の上に、ジャンクロードと一緒に座った。私がタヒチに住みたがっていると聞いて、その土地を見つけてくれたのは彼だった。

大岩に腰かけると、丘の下に広がる景色を見晴らせる。道路を挟んで、浜辺に隣接する空地も三区画、売りに出されている。丘の上から人家は見えず、下の道路をたまに車が走りすぎる。丘からの眺望の半分は海だ。白い波頭を蹴立《けた》てて足許《あしもと》に打ち寄せてくる青い海。背後には、椰子の茂る山々が連なっている。売り出されているのは、その丘の海側全部だという。草木はほとんどなく、まだ赤茶色の土のままゆえに、生まれたての赤ん坊のように可能性に満ちた土地だった。

「気に入った」と私はいった。ジャンクロードも、ここはいい空気が漲《みなぎ》っていると答えた。そういわれてみれば、とても気持ちがいいように思える。私は彼に頼んで、土地を手に入れる交渉に入ってもらうことにした。

実際、その土地を手に入れるまでには、さまざまなごたごたがあったが、タヒチから日本に戻って数ヶ月後、海辺の土地を買うことができたと便りがあった。

ジャンクロードは、彫刻家で建築家でもある。彫刻のような家を創《つく》る人だ。私は彼に、丘の上の家を建てることを依頼した。

しかし、建築費を貯《た》め、家が完成するまでには、時間がかかるのはわかっていた。当時、私は鎌倉《かまくら》に住んでいたが、家ができるまで、イタリアで暮らすことに決めた。鎌倉の借家をたたみ、イタリアで十六ヶ月住まい、一九九八年の三月、しばらく暮らしたヴェネツィアから、ロサンジェルス経由でタヒチにやってきた。

日本から東に向かえば、直行便で十一時間ほど。太平洋を渡り、赤道を越して、タヒチに着く。なのに私は一旦《いったん》、ヨーロッパに行き、それからアメリカを飛びこして、大回りしてここにやってきた。東へは向かわずに、西へ西へと旅をして、「海の彼方《かなた》」に着いたことになる。

ヘンリー・ミラーの『ネクサス』にこんな件《くだり》がある。ミラー自身であるヴァルと、彼がレズビアンではないかと疑っているスティシャがニューヨークの摩天楼を眺めながら散歩している。その場面でのスティシャの言葉だ。

「あたしは詩の中で育ったの。ホイットマン、ワーズワース、エミー・ローウェル、パウンド、エリオット。だから、昔はすべての詩を暗唱できたものよ。特にホイットマンのなんかね。だけど今、あたしにできることは歯ぎしりすることだけよ。あたしはもう一度、西に逃げださないといけない、それもできるだけ早く。ホワキン・ミラー……あなた、彼を読んだことある？　シエラ山脈の詩人よ。ええ、あたしはもう一度裸になって、木に体をこすりつけたいの。他の人がどう考えようとかまいはしない……あたしは木と交わることもできるけど、あのぞっとするような建物の中から這《は》いでてくる汚らしい逸物《もの》とはまっぴらよ。男はオーライよ――野外だったらね。だけど、ここじゃあ――おお、神様！　あんなものがあたしのベッドにもぐりこんでくるくらいなら、マスターベーションするほうがよっぽどいいわ。あいつらは虫けら。臭いったらない」

ひ弱になってしまった都会の男たちに怒るステイシャが求めるのは、もう一度、「西に逃げだす」ことだ。

英語で――Go West――、西に行くというのは、自由を求めることを意味している。それは、メイフラワー号に乗って新天地目指して出発した清教徒たちの時代、いや、きっとそれ以前から続いている価値観だ。

ヨーロッパ世界に文化や人や物資が流入してくるのは常に東からだった。西に広がる大西洋は、コロンブスの時代まで一般には未知の世界だった。未知の世界とは、新しい価値観の形づくられる場所だ。古い絆《きずな》を取り払い、新しい世界へと飛びこむことを象徴する方向、それが西なのだ。

そして私も自分の軌跡を振り返る時、常に西に向かって走ってきたのだと思い至る。日本の大学を卒業して、私はすぐには社会に出て働く気にはなれなかった。それで、西に逃げだした。イタリアに行って二年間、遊んで暮らしたのだ。

しかしいつまでも親の脛《すね》をかじってもいられない。ずるずると根なし草のようにヨーロッパに居続けるのも厭《いや》だった。根を下ろすなら、日本社会だと思って帰国して雑誌に記事を書く仕事をはじめたが、最初からあちこちに頭をぶつけ通しだった。なにしろ私は日本社会における「礼儀作法」をからっきし知らない。それがいきなりインタビューや取材の仕事をはじめたのだ、すんなりいくはずはない。自分が社会通念に欠けているのはわかっていたから、周囲をきょときょと観察して、後ろ指さされないように（なんという「日本的」表現か！）振る舞おうとするあまり、萎縮《いしゅく》してしまった。まったく窮屈この上ない。西で味わった自由が恋しくなり、私は十六年目にして、再びイタリアに逃げだしたというわけだ。今回は東に戻ることはなかった。私は西に進み続け、ヴァージニア・ウルフのイギリス、メイ・サートンのアメリカをスキップしてタヒチにやってきた。

前章のエッセイを書いてから、ウルフの『私だけの部屋』とサートンの『独り居の日記』を読み返して、二人の作家の間に交流があったことを発見した。まだ若い頃、ウルフに出会ったサートンは、「格別に感じやすい人でも、温か味に欠けていることがあるということ」に驚いている。

彼女は少なくとも一度お茶に招《よ》んで私に会うというたいへんな親切をしてくれたし、その後何年間か私が英国に行ったときはいつもそうしてくれた。けれどもそのいずれのときも、温か味を感じさせなかった。そしてそれは、驚くべきことだ。

（『独り居の日記』武田尚子訳）

サートンをアメリカの青年詩人の標本と受け止めたウルフは、好奇心に溢《あふ》れた質問を浴びせかけた。そんなウルフにサートンは、自分の経験を小説家としての彼女に利用されているような居心地の悪さを感じている。

ウルフは非常に分析好き、探求心旺盛《おうせい》な女性だったのだろう。なぜこの社会において女性が男性より劣性の立場にいなくてはならないのか、そうさせるのは何なのか、分析と思考を重ねた結果、男性優位社会への激しい怒りを蓄積させていった。第二次世界大戦の足音が高鳴るにつれ、男によって惹《ひ》き起こされた戦争になぜ女が巻きこまれなくてはならないのかと憤《いきどお》り、反戦運動に関わるようになった。にもかかわらず戦争が勃発《ぼっぱつ》すると、投身自殺してしまった。

憤りや怒りは精神を緊張させる。サートンが感じとったウルフの温かみのなさは、その底流に潜む憤りや怒りが原因だったのではないか。

怒りに関していえば、サートンもウルフ同様、それにどっぷり浸っていた女だ。突然、筋の通らない癇癪玉《かんしゃくだま》を破裂させて友人との夕食をめちゃめちゃにしてしまったり、理由のわからない激しい怒りに襲われて、泣きだしたりしたことを日記にも記している。そして彼女は一人でいることを選び、その代償として孤独に陥り、孤独と向き合って生きていくすべを探すことに一生を費やした。

ウルフもサートンも、怒れる女たちだった。彼女たちを怒らせ、心を強《こわ》ばらせているものは、女たちをがんじがらめにしている社会に対する憤りだった。私はウルフともサートンとも共通する怒りを感じている。日本を離れた今、私は自分が日本の何から逃げだしたのか、少しずつ自覚してきている。

どんなに女の力が強くなったといわれても、社会はやはり男たちの価値観によって牛耳られている。新参者の女たちは、知性的な意見と積極的な行動を示すことによって男たちと同等になろうとあがいている。しかし日本社会は、今もって男が音頭を取っている世界だ。女の意見や行動を評して、裁定を下すのは男たちである。憤りに声が高ぶると、女はヒステリーだといい、積極的に行動すれば、性的魅力がない女だと陰口を叩《たた》く。自覚しているにしろしていないにしろ、怒りは女たちの内でますます燃えさかり、男たちに戦いを挑みつづける。抑圧されていた過去に対する復讐戦の意味もあるから、この戦いはたちが悪い。

怒りとはくせ者だ。ウルフもサートンも怒りに足を取られて、怒りの内に死んでいった。そこから先には進めなかった。怒りの火を次世代の女たちにバトンタッチして、自分たちはその炎の中に燃えつきてしまった。

怒るだけでは、物事は解決しない。

「あたしは馬を一頭、手に入れるの」彼女は、今、こういっていた。「そして山の中に隠れるわ。たぶん、あたしは再び祈りはじめるでしょう。少女の頃、あたしは一人で外に出て行ったものよ。一旦、出ていくと、数日帰らないこともしょっちゅうだった。背の高い杉木立の中で、神さまに話しかけたわ。彼に対して、これといったイメージもなかったけど。彼はただ偉大な存在だった。あたしは神をどこにでも、何にでも見つけたわ。その時、どれほど世界は美しく見えたことか！　あたしは愛と慈《いつく》しみに溢れていた。そして、あたしはそのことに対して、ものすごく自覚していた。あたしは跪《ひざまず》いては——花にキスして話しかけたものよ。『あんたはほんとに完璧《かんぺき》よ！　とっても自分に満足しているのね。あんたに必要なものは太陽と雨だけ。何も頼まないのに必要なものは手に入る。あんた、今まで月が欲しいと泣いたことはないでしょう、かわいいスミレちゃん。今のあんたと別のものでいたいと願ったことはないでしょう』。これこそ、あたしが花に話しかけるやり方だった。ええ、あたしは自然と調和する方法を知っていた。それは完璧に自然なやり方だった！　真実、ものすごく真実だった」

先のステイシャの言葉の続きだ。ここには男への怒りから抜けだしてどこに行くか、ステイシャなりの出口がある。ミラーの『ネクサス』が出版されたのは一九六〇年。四十年も前だ。だが、現実の女たちはまだ脱出口が発見できずに、怒りに任せて蠅《はえ》のようにぶんぶん騒ぎながら、「私だけの部屋」を飛びまわっている。

怒りは重要だ。どこに問題があるか発見させてくれるという意味において。しかし、怒り続けていては、自らを強ばった欲求不満状態に貶《おとし》めてしまう。そのどん詰まりは、孤独か自殺だ。

女たちは怒ることよりも、まず自分の幸福な感覚をどこで見つけることができるかを発見するべきではないだろうか。

海を望む丘は少しずつ手入れされてきている。熱帯の自然は逞《たくま》しい。私のいない三年間に、赤茶けた土でしかなかった丘はジャングルになってしまっていた。一日の仕事も終わって頭も疲れ、陽が翳《かげ》ってくる午後遅く、私は刃渡り三十センチほどの短刀を持って外に出る。丘の斜面のジャングルの蔦《つた》や細い木を薙《な》ぎ払い、根をこそぎ、土地をきれいにしている。頂にある家の周囲に植えた芝が育ってきつつあるので、そこを中心に花や木を植え、少しずつ斜面を整え、庭を広げている。時折、近所の若者たちが連れだって、下の道路を夕涼みの散歩がてら通っていく。私と目が合うと、眉《まゆ》を動かし、微笑《ほほえ》みかけてくれるのがわかる。私も顎《あご》を少し上に反らしてこちら風に挨拶《あいさつ》を返す。

取り払った蔦や雑木をひとところに集め、花や香草や野菜の周囲の雑草を抜いたり、庭に水をやったりしているうちに、やがてあたりは淡い茜色《あかねいろ》に包まれてくる。丘の下の海は夕陽に照り輝き、西の空は夕焼けに染まっている。その日の天気や雲の形によって違っているが、しばしば西に連なる山の彼方だけが別世界のように雲の間に浮かんでいたりする。そんな日、私はしばし庭に立ったまま、西の方向をじっと眺めている。

日本はタヒチ島の西北にある。家の前面に広がる海を越えれば、また日本に舞い戻るのだ。

これまで何も考えずに突っ走ってきた。自分が西に向かっていたこと、自由を求めていたことなど自覚してなかった。ここに書いたことは、この丘の上で考えたことだ。四十年間、西に向かって走りつづけて、今、やっと足を止めた。立ち止まり、あたりを見回し、ようやく私は考えるという行為をしはじめている。

ここから先、私が逃げていける「西」はないのだから。

怠惰は悪徳か？

海を見下ろす丘に家が建ちはじめてすぐの頃、私はタヒチを訪れた。一九九七年四月のことである。

家の形も規模も、すべてジャンクロードにまかせてあったので、私にはどんな家ができつつあるのか、見当もつかなかった。彼のトラックに乗せてもらって丘の頂上に着くと、流線型の壁が切れ切れに連なる廃墟《はいきょ》のようなものが見えた。

実際、家はまだ壁しかなくて、その壁も私が手を伸ばしてやっと届くくらいのものから、私の腰くらいのものまで、高さはさまざまだ。日本のように柱で梁《はり》を支えて小屋掛けしてから作らず、壁構造にしているので、まだ天井はない。将来は居間にあたるという空間に立って天を仰げば、青空を背景にマンゴーの灰色の枝が見えた。

それでも水道は来ているし、先々のバスルームにあたる場所には、すでに水洗トイレの便座が設けられている。私はジャンクロードと一緒にそこで二週間ほど暮らした。将来の居間の壁から屋根の代わりに青いビニールシートを斜めに差しかけ、シートを建築材で押さえる。その青みがかった三角形の空間が、私の最初の部屋となった。マットレスを敷き、重しの材木の上に荷物や食糧を置く。調理は小さな野外用のガスバーナーだ。コーヒーを沸かしたり、簡単なスープを作ったり、せいぜいがスパゲッティを茹《ゆ》でたりする程度だったが、主たる調理は、庭で薪《まき》を燃やして肉や魚を焼けばいいから、なんとかなった。

自分の家にいるとはいえ、まったくのキャンプ生活だ。それでもトイレがあるだけありがたい。その前、この土地を買うためにタヒチを訪れた時は、中国系タヒチ人の画家ヴィクトーの作りかけの家に住まわせてもらった。やはりジャンクロードが建てていた家で、まだ完成していないんだからいいよ、といってくれたのだ。屋根こそあったが、家の中はまだできていなくて、木屑《きくず》と砂埃《すなぼこり》だらけ。台所での調理も、同じく野外用ガスバーナーだ。たまにヴィクトーが家を見に泊まりにきた時は、浜辺に面した庭にキャンプした。家のトイレも完成してなかったから、浜辺の近くに椰子《やし》の葉で覆《おお》われた囲いを作り、砂を掘って簡易の糞壺《くそつぼ》を作り厠《かわや》とした。用を足した後はまた砂をかけるという、極めて原始的な暮らしだった。

その時と比べると、ずっと快適だ。おまけに、今回は自分の土地にいる。安心感と幸福感は比べようもない。

斜面の草木を刈ったり、一人で家を建てているジャンクロードを手伝って、セメントを運んだり、石を運んだりした。そして、あまりに暑くて何もできない日中は、家の前にある海に泳ぎにいった。

昼下がりの海辺には、近所の人たちも涼みに出てきている。波打ち際《ぎわ》ではブギボードに乗った子供たちがはしゃぎ、遠くの浅瀬では女が二人、海に胸まで浸《つ》かりながら釣り糸を垂れている。二人は水中の奇妙な釣りよりも、のんびりとお喋《しゃべ》りするほうを楽しんでいるように見える。

タヒチの女たちは水着などほとんど着ない。Tシャツにショートパンツや膝《ひざ》までのスパッツを穿《は》いたまま、水に入る。重ね着しているから、ずぶぬれで出てきても、体の線はよくわからない。かつてはパレオを巻いたまま泳いでいたというから、その習慣の名残りなのだろう。幼い子供たちは木綿のパンツ一枚だけ。時にはすっ裸の子もいる。

私が水着で泳いでいると、少し先で水に浸かっていた女が笑いかけてきた。浅黒い肌に目の大きな丸顔。体は小さな樽《たる》ほど太っている。こちらの女性は若い時は実に美しい、見事な肉体をしているが、二十歳をすぎるとぶくぶくと太りだす。彼女は、私とたいして年の差がないように見えるが、実際はまだせいぜい二十代後半だろう。

二、三度、微笑《ほほえ》みを交わした後、「暑いね」と、女はフランス語で声をかけてきた。私のフランス語はひどいものだ。私は、なんとか「ええ、とても暑い」と、女の言葉を繰り返した。

女が、あんたはあそこにいるのかと、背後のジャングルめいた丘を指して聞くので、家を建てているところだと私は答えた。

女は、丘の下の家に住んでいるという。道路からはよくわからないが、奥まったところに何軒かの家が建っている。その中の一軒なのだろう。子供が三人いるということだ。

彼女は次に浜辺の木の下に座っている男を指さして、「夫だ」といった。いつもはタヒチ島の中心地であるパペエテに働きに行っているのだが、「今日は働かない。頭が痛くて、喉《のど》が痛いから」という。病気らしい。

「働きすぎたのね」

私の言葉に彼女は一瞬、きょとんとした顔をして、それから黒々とした瞳《ひとみ》を輝かせた。

「そうよ、働きすぎたの、ええ、働きすぎたのよ」

まるでその言葉が大好きな歌の一節であるかのように、次々と寄せてくる水色の波に乗りながら、女は繰り返した。

この話をジャンクロードに告げると、大笑いされた。彼がいうには、タヒチの人間は働きすぎることなんかない。オフィスや店は朝七時頃から開けるが、昼休みの後になると、皆、うんざりして、仕事はいい加減になる。そのまま仕事は三時か四時には終わってしまう。働きすぎるほど、働いてないのだ。女の夫が頭痛と喉の痛みに悩まされていたのは、酒を飲んで騒ぎすぎて二日酔いに苦しんでいるということだろう。働きすぎという、こっちの人間なら決して思いつかないような素敵な言い訳を知って、女は大喜びしたのだ。

ここでは、働きすぎ、という言葉は存在しないのだ。

実際、タヒチの人たちの働く姿は、きびきびというにはほど遠い。店の売り子たちはカウンターによりかかってお喋りしているのが普通で、客が来ても微笑む程度だ。郵便局で長蛇の列ができていても、窓口の係員は顔見知りの客と握手したり、世間話を交わしたりしている。そこに日本人上司がいたなら、「もっと真面目《まじめ》に働け」と一喝して、タヒチの人たちの怠惰ぶりを嘆くにちがいない。

日本において、勤勉は美徳、怠惰は悪徳、だ。

しかし果たして、勤勉は美徳、だろうか。

戦後の高度成長期、日本人はこぞってこのスローガンの下で働いてきた末、世界の国民総生産第二位までのし上がったが、個人の暮らしはちっとも豊かにはならなかった。今では誰もがその事実に気がつき、これではいけないと、政府の旗振りで人々は休暇を取るように奨励され、若者は遊びに走るようになった。しかしそれは、あくまでも対症療法的な余暇でしかない。日本人が海外旅行先で寸暇を惜しんで動きまわるのは、休暇自体がひどくみみっちい期間でしかないせいだ。帰国したら再び独楽鼠《こまねずみ》のように働かなくてはならないことを知っているからこそ、ハードスケジュールでこなしてしまう。これは休暇というものではない。休暇という名の労働だ。日本社会は、まだしっかりと、勤勉は美徳、より正確にいえば「勤労は美徳」の基盤の上に成り立っている。

日本という国の成長は、人々の奴隷《どれい》的労働によって支えられてきた。立派な日本国民として認知されている者たちは、皆、奴隷だ。むち打たれ、叱咤《しった》され、働くことを強いられる。自分も働いているのだから、おまえも寸暇を惜しんで働け。怠惰は道徳に反する。のらくらしていると、隠れ場所から引きずりだされて、糾弾される。皆が同様に働くこと、それこそ民主主義ではないかといわれる。

日本の民主主義は稲作だ。稲穂のように全員がきゅうきゅうひしめきあい、頭を揃《そろ》えて、同じ方向に整然と成長することを意味する。ある成長段階に達しない稲は怠けているといわれ、頭を飛びださせた稲は自分勝手だといわれる。

しかし本来の民主主義は自然林だ。羊歯《しだ》や苔《こけ》といった下生えの植生、小さな草花、灌木《かんぼく》から喬木《きょうぼく》まで、その森林に属するすべての植物が、それぞれ適度な距離を保ちながら自分にとっての最大限の成長をしていく環境を有すること。そのことによって、自然林として均整の取れたまとまりを生みだしていくことだ。

日本の自然が、土地整備された四角い稲田と、整然と植林された杉林に変わったと同じく、日本人の精神も日本流に翻訳された「民主主義」によって刈り揃えられてしまった。そして稲が肩を並べて、最も効率よく成長するための肥料として、「勤労は美徳」という呪文《じゅもん》がふりかけられたのだ。

子供の時、将来、何になりたいかと聞かれて、南の島の椰子の木陰で寝ていたい、といった私の内にあったものは、日本における「勤労は美徳」の呪縛《じゅばく》から抜けだし、怠惰へと向かう意志だったのだと、今、思う。だがそれは子供心にもあまりにも怠惰ゆえに恥ずかしい願望に思えて、私は二度とその夢を口に出しはしなかった。「怠惰は悪徳」という社会道徳が、私にもしっかり滲《し》みついていたからだ。

　しかし果たして、怠惰は悪徳、だろうか。

　怠惰とは、怠けて何もしないことだ。病弱の者が何もしないことは、怠けるとはいわない。怠ける、とは健康な者がぶらぶらしていることを示す。健康な男女が暇を持て余すという想像から、人がすぐに連想するのは性交である。ニューヨークの大停電の後で市内の出産率がぐっと上がったという笑い話には、そのあたりの思考経路がよく現れている。

「怠惰は悪徳」の言葉の裏には、性交、または男女の性的快楽に通じるものに対する嫌悪《けんお》、罪の意識が横たわっている。さらにいえばそこには、人を、真の意味での「生きる」ということから遠ざけようとする圧力が介在する。その対に置かれた「勤労は美徳」のスローガンは、人を「生きる」ことから遠ざけて、そのエネルギーを奴隷的労働に振り向けさせるシステムとして働き続けてきたといえよう。

　私の家の裏には、自然のままの山が聳《そび》えている。険しい斜面の裾野《すその》には椰子の木々が生い茂り、それはやがて野生のマンゴーやピスタッチオ、その真っ赤な花の放つ匂《にお》いから「おしっこ《ピスピス》」と呼ばれる木などがひしめきあう中腹へと移りゆき、やがて遠目には芝生のように見える灌木の茂みに覆われた山稜《さんりょう》となって終わっている。尾根に沿って、ひょろりとした杉の木がぽつぽつと並んでいるのは、ご愛敬《あいきょう》だ。その景色の個々の植物に注目すれば、流れるように移り変わる植生の変化が見え、山として捉《とら》えれば、一幅の絵のような山塊が浮かびあがる。

一口に木々といっても、雌雄同株《どうしゅ》の木もあれば、雄株雌株と分かれている木もあるし、根を広げて子株を増やしていく木もある。それぞれ営みの差はあるが、どの植物も、根を伸ばし枝を広げ、成長を続けている。

ここには怠惰とか勤労とかいう概念はない。自分を最大限に成長させるために、土から養分を吸いあげ、太陽の光を浴びて、ただ生きているだけだ。生きることに性は付随し、生きることは成長すること、ただそれだけを意味している。

裏山を眺めるたび、私もまたあの木々のように成長したいと思わずにはいられない。

「愛」を笑いとばす女たち

真夜中、頬に冷たい感覚を覚えて目を覚ました。寝室の破風《はふ》の部分を塞《ふさ》いでないので、そこから月光でも射《さ》してきているのか、うっすらとものの形が見える。寝ぼけ眼《まなこ》で見つめると、青ざめた仄明《ほのあ》かりの中に雨が光っていた。雨が降ってるんだ、と夢見心地に考えているうちに、ようやく事態がはっきりしてきた。

塞いでない破風にあたる部分から、私のベッドの上にしきりに雨が降りそそいでいる。床はすでに三分の一ほど水浸しとなっていた。これまで何度か暴風雨に見舞われたが、西側のこの部屋は戸の下から水が少し入ってくる程度で、これほど雨が吹きこんできたことはなかった。かなりの大雨らしい。

私は慌《あわ》てて起きあがり、ベッドをビニールで覆《おお》うと、書斎に移動した。時計は午前二時を示している。書斎のベッドに横になったが、なかなか眠れない。コンピューターを起動させて少し仕事をしていると、今度は停電になった。仕方ないので、風に唸《うな》る木々の枝葉の音や、屋根を叩《たた》く雨音を聞きながらベッドに入っていると、やっと眠りが訪れた。

翌朝、暴風雨は去っていた。明るい陽の下に輝いているのは、土砂で赤く染まった海や、風に横倒しとなった庭の茄子《なす》やバジリコ、吹き飛ばされたマンゴーの小さな青い実などだ。それでも私の家は丘の上にあるので被害は少なかったほうだ。道路沿いの家々の庭は泥水で埋まり、土砂流に押し流された河辺の家もある。道路もあちこち山崩れで破壊されたらしく、ブルドーザーがしきりに家の前の道を行き来している。

私にとっての最大のダメージは断水だった。この一帯に給水している水道管が壊されて、復旧になんと二週間はかかるという。頭がくらくらした。飲料水はもともと湧《わ》き水を引きこんでいる公共の水飲み場から汲《く》んできて使っていたが、その他の水は全《すべ》て水道に頼っている。炊事洗濯に使う水、トイレの水など、かなりの量の水が必要になる。

不幸中の幸いは、家から二百メートルほどのところに、清涼な山水が流れている水場があることだった。そこは、空地の岩の間にただ水が流れ落ちているだけで、これといった設備があるわけではない。これまでサーフィン少年たちが時々体を洗うために使っている程度だったが、あっという間に人々の集まる活気のある場所となった。朝からひっきりなしに、人々が車や一輪車に水用ボトルを積んで訪れ、水を汲んだり、体を洗ったりしている。水場の横を流れている排水溝も、流れているのはきれいな山水なので、よく利用されるようになった。日曜日ともなると、その横にかがみこんで洗濯したり、子供が溝を滑り台代わりに使ったり、流れの中に座りこんで、タオルと石鹼《せっけん》でごしごし体を洗う老人の姿もある。

大きな河辺は女たちの洗濯場となり、天気のいい日は河原に干した洗濯物が乾くのを待ちながら、お喋《しゃべ》りして過ごしている。水道が使えなくなっても、タヒチの人たちはさほど困っているようでもない。皆、のんびりと事態を受けとめている。実際、水道の水が使えないことが何だというのだろう、水なら山からふんだんに流れてくる。ほんの少し時計を巻き戻して、昔の生活に戻ればいいのだ。

私も雨水をバケツや一輪車に貯《た》め、水洗トイレの用水として利用し、野菜や洗濯物をバケツに入れて、水場まで洗いにいき、この暮らしに適応しはじめた。すでに一週間が過ぎた。まあ、慣れると、それなりに楽しいものである。

夕方、水着に着替えて、タオルを持って、サンダルを突っかけて、水場まで行く。水場は混んでいるので、海岸縁の岩の間から流れだしている排水溝の出口に行って体を洗う。道路から岩伝いに少し降りたところだ。

先日、そこに先に陣取っていたサーフィン少年たちが歌うように声をかけてきた。

「サ・ソン・ラ・シャット」

おまんこ臭《にお》うよー、という意味だそうだ。だが、涼しい夕暮れ時の海辺、タヒチ語の歌うような響きを残したフランス語で明るくいわれると、淫猥《いんわい》な感じはしない。

別の時、水場で汲んだボトルを車に積みこんでいると、自転車に乗った十三、四歳のふとっちょ少年とすれ違った。昼間の路上である。後ろには弟らしい七歳くらいの男の子がやはり自転車に乗って続いている。ふとっちょは私とボトルを見ていった。

「セ・パ・ル・ココロ！」

そいつは、ココロじゃないよ、という意味だが、ココロというのは、タヒチ語でペニスのことだ。

彼らの性に関する言葉は、とても明るく屈託がない。いったい日本でこんなことが考えられるだろうか。十代の青少年たちは、性的な言葉を歌うように投げつけることはできない。性的な言葉に対する後ろめたさ、性交への罪の意識、そこからくる反発、さまざまな社会的な重い鎖が言葉にまとわりつく。そういった意識の中から吐きださされた性的な言葉は、猥雑でじめじめしていて、投げつけられたほうは糞《くそ》をなすりつけられた気分になる。

だがこの地では、性に対する罪の意識は存在しない。性は太陽の世界に属し、闇《やみ》に隠されたり、否定されたりするものではない。性は身近に転がって、そのもの自体の持つ生命力で輝いているものなのだ。

画家ゴーギャンが、デンマークに妻と五人の子を置いて、ポリネシアにやってきたのは、一八九一年のことだった。タヒチ島に落ち着くや、早速、十三歳の娘の両親に渡りをつけて、彼女を家に引き入れた。

娘をモデルにして絵を描きつつ、盛んに交わって、極楽生活を味わった。しかし、いかに楽園でも、家賃も払わないといけないし、画材を買うための金がいる。その上、タヒチ風の椰子《やし》の葉葺《はぶ》きの家に住み、裸足《はだし》でパレオを巻いただけで生活をしていたゴーギャンにしても、胃袋まではこちら風に合わせることはできず、ワインや煙草《たばこ》、ヨーロッパ輸入の缶詰を買うため、常に金欠状態だった。

ゴーギャンは金策のために一時フランスに帰国し、二年後、またタヒチに戻ってくる。しかし娘との間は以前のようではなくなり、別れてしまった。次に彼は別の十三歳の娘を見つけて、息子をもうけたが、さらなる絵の題材を求めて二人を置いてマルケサス諸島のヒヴァ・オア島に渡る。そこでもすぐさま十四歳の娘を見つけ、女の子を生ませ、自分の小屋に「快楽の館《やかた》」という名前をつけて酒と肉欲に溺《おぼ》れる日々を続け、一九〇三年に死んだ。

簡単にいうと、ポリネシアに滞在した足かけ十二年の間にゴーギャンは、十三歳から十四歳の娘三人と交わりをもち、子供を二人もうけたということになる。

五年ほど前、タヒチにおけるゴーギャンの足跡を追ってヒヴァ・オア島まで行き、某雑誌にその記事を書いた時、私は反射的に、女好きのフランス男が植民地支配下のタヒチを訪れ、その優位な立場を利用して、まだ少女ともいえる娘たちの性を弄《もてあそ》んだという風に受けとめた。しかしまもなく、その見方はまちがっていたことに気がついた。

ポリネシアでは男女の性関係はとてもおおらかである。十三歳というと、すでに性交可能の一人前の女であり、娘が複数の男たちと関係を持つことはごく普通だ。結婚という概念は宣教師がキリスト教を持ちこむまで存在しなかったが、特定の相手と暮らし、肉体関係を一人の相手に限るという状況はあった。しかし、それもどちらかがやめたいといえば解消することができたし、子供たちは両親の話し合いによって母または父のところに留まるから、若い性も、同棲《どうせい》も、妊娠も、たいした問題ではないのだ。

ゴーギャンは、この土地の形式を踏まえて、娘たちと暮らしはじめたのであり、彼女たちもこの状態に納得していた。ポリネシア社会に反した行為をしたわけではない。ゴーギャンが責められるとするならば、娘たちを家に引きいれては、飽きると放りだしてフランスに帰ったり、マルケサス諸島に渡ったりした自分勝手さだろう。

かつてこのポリネシアを訪れたヨーロッパの男たちは、この地の娘たちのおおらかな性意識に驚喜した。当時のヨーロッパ女性は、結婚という代償なしには、その肉体を簡単には委《ゆだ》ねてくれなかったから、彼らにはポリネシアの女は自らの宝を惜しげもなくふるまってくれる女神に見えたことだろう。ポリネシアにはポリネシアなりの道徳意識があるのだが、余所者《よそもの》のヨーロッパ人は、短絡的に放埒《ほうらつ》な性の楽園とみなした。

その結果がどんなものかは、現在のポリネシア人を見ればよくわかる。ポリネシア独自の血に、ヨーロッパ人の血、さらに植民地時代に労働力として連れてこられた中国人の血が混じりあい、とても美しい容貌《ようぼう》を作っている。金髪に浅黒い肌、白人のような顔にポリネシア人の肉体、切れ長の東洋系の目。将来、それぞれの人種の血が混じりあう世界となり、皆がこんなふうに美しくなれば、なんと素敵だろうと思うほどだ。

だが、ヨーロッパ人がもたらしたのは、白人の血と性病だけではなかった。ヨーロッパ的な男女の「愛」の概念もここに持ちこんだ。美しく官能的なポリネシアの女たちと交わると、ヨーロッパ人たちは「愛している」と囁《ささや》きだしたのだ。その言葉の裏にあるものは「他の男とは寝るな」という意味だ。

ポリネシア人にとって、肉の交わりはひとつの快楽に過ぎない。交わっただけで、そこに「愛」という感情を覆いかぶせる心理が理解できなかった。ましてや、他の男と寝るなといいだすとは論外だ。

ポリネシアの女たちは、ヨーロッパ人がロマンチックに語る「愛」を笑いとばしただけだった。

ヨーロッパ的男女の「愛」が、性的な意味での肉体の独占状態に繋《つな》がるようになったのは、キリスト教、ことにカトリックの影響が大きい。

カトリックの意識は、一個の人間の内に霊性と獣性が共存することを認めることはできなかった。人は獣であってはならず、霊的存在でなくてはならないとした。人の動物的な本能は、理想的人間像の枠外に押しやられ、その最たるものである肉欲は、種を保存するためだけの最小限の目的にしか認められなくなった。性交は、結婚の秘《ひ》蹟《せき》によって認められた夫婦の間でしか許されないとされた。

この結婚の秘蹟に必要なものは、男女間の「愛」だ。墓場までお互いを愛すると神に約束しない限り、キリスト教会は結婚を認めない。そして、結婚が認められない限り、道義的には性交もまた認められない。

こうしてキリスト教によって、「愛」と性交は、南京豆《なんきんまめ》の中のふたつの豆のごとくくっつきあい、結婚という硬い殻で包まれることになった。男女間の「愛」と性交は、この殻の中でのみ存在を許されるのだ。当然、一夫一婦制である。

白人の世界進出と共に、この南京豆化された「愛」と性交と結婚の認識は世界に広がった。日本もその波をかぶった国である。

日本では、男女の間に起きる精神の動きは、「愛」よりもむしろ「情」と呼ぶほうが正しい。「愛」は、男女それぞれが個別に存在している時点で成立するが、「情」は個人の意識が曖昧《あいまい》なまま、感情が相互に浸食しあい、ひとつとなる状態で成立する。ポリネシアのように、日本には「愛」がなかったから、それを「情」に置き換えた形で、この結婚南京豆を輸入した。しかし、内容の差はあれ、形式は同じである。日本人もまた世界の大多数の人々と同じように、キリスト教社会の作りあげた性認識に根本から染まってしまった。

だが性に対する意識が変化した現代、この南京豆の殻は破れ、男女は結婚の約束も意識もないままに、性交が可能になった。フリーセックスの時代といわれ、青少年は性に走り、夫婦間の浮気が盛んに取りざたされ、男性既婚者が金で女の性を買うことは普通のことで、女性既婚者も自分の性を売ったり、買ったりするようにまでなった日本社会において、人々はそこから性の自由を享楽《きょうらく》するよりも、さらに深くなった混《こん》沌《とん》の泥沼であがいているだけのような印象を受ける。

それは、性を縛る形は崩れたのに、人々の意識がまだ「愛」と性交を双子のように見ているせいだ。そのため男女どちらかが複数の異性と性交すると、そのことで「私を愛してないのね」という言葉が生まれてくる。性交は子供をもたらすから、事態はさらに混乱してくる。複数異性との性交によって生れてくる子供たちを、どういう形で受容するか、社会の枠組みはまだ定まっていない。

近代日本社会に生じた性交と「愛」との混同によって、どれだけの男女が苦しみ、泣き、憎みあい続けていることだろうか。

「愛」を笑いとばす女も嫉妬《しっと》する

夜、パペエテのバー『タフナ』で、ジャンクロードとビールを飲んだ。バーといっても、道路にはみ出した形で椅子《いす》とテーブルを出しているカフェテラス形式の簡単な店だ。尻《しり》をぎりぎり隠す程度の短いドレスを着た肉感的な娘がウェイトレスとして働いていて、時には男たちのテーブルに座って、話し相手をしたりしている。ここで働く娘たちはほとんどツアモツ諸島から出てきていて、数ヶ月働いて、いい男を見つけると、店を辞めて結婚するという。

店の外の道路脇《わき》に娘が二人座りこんで夕涼みがてらお喋《しゃべ》りしていたが、しばらくすると、客の男たちが招いたらしく、少し離れたテーブルでビールを飲みはじめた。ビールをさんざん奢《おご》ってもらったからといって、金を払った男と寝ることを意味するわけではない。そこで楽しくしていることが好きなだけだ。ビールを奢ったからといって寝ることを考える男は「鼠《ねずみ》」とあだ名して、近づかないのだという。

男と寝るかどうかには、金は関係ないのだ。女は気に入った男と寝るし、男に金を使わせても、それを性交の代価とは見なさない。性交は享楽《きょうらく》すべきものとして、「愛」からも金銭からも独立している。

ほとんどのタヒチ人がキリスト教徒となった今、結婚制度は彼らの文化に組みこまれてしまったが、伝統的なポリネシアの性は、今なお彼女たちの内に息づいているのだ。

三杯ほどビールを飲んだ時、三人の男を引き連れて、背の高い美しい女が現れた。バナナの葉を編んで作ったバッグを肩にかけ、黒いジーンズに肉厚の見事な尻を包んでいる。目尻の少しつり上がった東洋的な瞳《ひとみ》に卵形の顔。けだるげな成熟した女の顔の中で、唇だけが少し子供っぽい。ジャンクロードが、「サケ、サケ」と彼女を呼んだ。日本酒をがばがば飲むことからサケとあだ名をつけられた、情熱的なマルケサス諸島出身の女がいるということは、以前から聞いていた。サケはジャンクロードに気がつくと、私たちのテーブルに近づき、彼に何事か囁《ささや》いてから、男たちと一緒に向こうにいってしまった。後で聞くと、今日は忙しいけれど、金曜日ならここで働いているから来て、と誘ったらしい。

サケは、複数の男たちと肉体関係を結んでいる。しかし、どの男に対しても、つきあっている相手は自分一人しかいないと信じこませているという。

「それでいて、嫉妬《しっと》はするんだ」

ジャンクロードはおかしそうにいった。

「自分と繋《つな》がりのある男たち一人一人に、まったく平等に激しい嫉妬を燃やすんだ」

ここでいう嫉妬とは、男たちに近づく女たちに向けられるものだ。「愛」を笑いとばすポリネシアの女が嫉妬する。男と女の関わりあいにおいて、性交と「愛」を切り離して捉《とら》える女すら、嫉妬からは逃げられない。

嫉妬とは厄介な感情だ。男女関係をめちゃくちゃにする最大の敵だ。嫉妬の対象は、異性とは限らない。愛する人の親友や肉親、ペットや愛玩物《あいがんぶつ》にまで波及する。

嫉妬とは独占欲である。それは、よく口に出される最後通牒《つうちょう》、「あの人（または物）と、私とどっちを取るの」という言葉によく現れている。二者択一。「愛」する男または女から、「愛」を、最大限奪い取りたいという願望だ。南京豆型結婚の意識がしっかりと根づいている現代社会においては、定期的な性交関係にあるカップルは、「愛」という名でお互いに縛りつけられると同時に、相手に対する独占権を取得したと自他ともに認める状態となる。結婚すると、その独占権は社会的に認知される。

しかし、生身の人間、なかなか他者によって独占されるものではない。そこで不満を抱く片方が、その独占権を振りかざし、自分に隷属《れいぞく》できない相手に対して憎悪《ぞうお》を抱くことになる。だが「愛」している人を、どうして憎んでいると認められよう。人は憎悪の対象を「愛」する相手ではなく、相手に関わりのある人もしくは物にすり替え、さらには憎悪を嫉妬というあたりさわりのない名に置き換え、すべての原因と責任を「愛」の名において相手に押しつけることになる。そこで出てくるのが、「嫉妬するのも、あなたを愛しているからじゃない」という台詞《せりふ》となる。そして、たまに、嫉妬されて嬉《うれ》しいよ、俺を愛しているんだな、などという捻《ねじ》れた心境にまで発展する。

しかし、嫉妬は「愛」とは関係ない。嫉妬の根底に横たわっているのは、「愛」ではなく、「愛」する相手の「愛」を独占できないことに対する不安感だ。

「愛」を笑いとばす女の一人であるサケは、性交相手の「愛」を信じない。「愛」を独占したいとは思わない。では、サケは何に対して嫉妬するのか、言い換えると、男との間の何に対して不安を抱くのだろうか。

ここから先のことは、男女の性差に係わってくる。この問題に向き合うことに対して、私自身、女として落ち着かない気分を覚える。どんな些細《ささい》な点でも不備があれば、私の考えはすぐさま攻撃の対象となるだろうとはわかっているし、私自身、自分の考えたことに対して怒りを覚え、反撃したいという欲求に駆られる。なぜ私たちは性差という問題に関して、とても神経質になるのか。この問いを念頭に置きつつ、私なりの試論を聞いていただきたい。

まず思考の足場として、半農半猟生活の原始的な共同体を想定してみる。この共同体では、若者たちは性交可能な年代になると、自由に性的関係を結ぶようになる。その中で、好意を抱きあうカップルが結びつき、男女一組を単位とする家族が生まれる。子供を作り、育てていくひとつの単位だ。

この生活単位における男の役割は、外に対して警戒を怠らず、家族の安全に目を配り、危険があれば守り、たまに他の男たちと連れだって狩猟に出かけていくというものだ。

一見して男の一日は、狩猟や部族間の戦いとかいった時以外は、なんだかぼんやり、ごろごろしているように見えるだろう。

反対に、女は常に忙しい。子供の面倒を見て、家の中を清潔にし、山野を歩いて食べられるものを採集し、植物を栽培し、収穫物を咀嚼《そしやく》可能な状態にまで加工する。実にさまざまな労働に一日を費やしている。

男女のこの労働差は、女が子供を生み、育てる性というところに起因している。子供の発育には、規則正しい食事と、定期的な食糧補給が必要とされる。

だから、狩猟活動と農耕活動は、それぞれ、男と女の労働を象徴しているといっていいだろう。勘、タイミング、突発性、冒険性の要求される狩猟活動と、毎日の定期的な労働が収穫を予測可能とする農耕活動。男は生物的傾向として、突然性、予測不可能性を有し、女は、定期性、規則性、予測可能性を有している。

女は、生活の定期性、規則性、予測可能性の中に安心感を見出《みいだ》す生物だ。女にとっての脅威は、この生活の安定が崩れること。たいていそれは、自分を保護している男の消滅と共に惹《ひ》き起こされる。男の消滅とは、死もしくは、男が別の女と他の生活単位を作ることを意味する。

一夫多妻制は、この脅威を取り除いたところに成立している。男は、すべての妻たちに、おまえを棄《す》てることはないという安心感を与え、家族を守ることを役目とする。男は、女を保護することによって、雄としての自信を得る。そこで、たくさんの妻を抱える男は、雄としての能力に長《た》けると見なされるのである。

ところがこの、男らしさのバロメーターである女が、他の男と性交しているとなると、男が自分の性的魅力に自信がない限り、自らの雄としての力に不安を覚えるだろう。その不安を乗り越えるために、女を巡って雄同士の争いが起きる。これこそ、女を巡る男の嫉妬の底に横たわる不安の原型ではないだろうか。

一方、女の嫉妬の底にあるのは、男に棄てられる不安だ。男に棄てられることは、過酷な野生に子供とともに放りだされることを意味した。野生とは、突発的で予測不可能。まさに女の苦手とする世界だ。そこに放逐されるという根源的不安が、男を独占したいという欲望を培《つちか》ってきた。

すべての男は、私だけに夢中になってほしい。サケが嫉妬する時、彼女はこう思っていることだろう。どんな女も、心の中にはこんな願望を抱えている。つつましい女は「すべての」とはいわないで、「せめて一人の」と言い換えるだろうが大差はない。この女の本音を生みだしたのは、前述したような自己防衛本能だったのだと私は考える（男も同じ本音を持っているが、それは雄としての自己認識のためで、意味が違う）。

しかし、今のサケに、生活の心配をしなくてもいいから、嫉妬しなくてもいいんだよ、といっても、やはり彼女は自分と性交する男すべてに等しい嫉妬を燃やしつづけるだろう。嫉妬はすでに彼女の血の中に組みこまれていて、不安の原因を取り除いたとしても、感情の回路を打ち砕くことはできないのだ。

これは、現代社会の女に対してもいえることだ。女はもう野生の中に生きてはいない。男の保護がなくても、金さえあれば、生活も安全も保障される。そして女が働いて金を手にすることは容易となっている。子供を一人で育てるシングルマザーも珍しい存在ではなくなった。

現代社会において、女の嫉妬をもたらす根源的不安は取り除かれている。なのに、長い歴史を通して培われてきた嫉妬は、硬い皮膚のように私たち女の意識にへばりついている。さらに、嫉妬の根源である所有欲、保護されることを喜ぶ本能。こういったものが毛細血管のように意識を網羅して、女を、女という性の内に閉じこめている。

個人が個人を所有することはできない、いかに「愛」という名前の許《もと》であっても不可能な話だ、そんなことは頭で理解できても、いざ恋愛感情に巻きこまれると、やはり心は痛む。嫉妬は無意味だとわかっていても、苦しみは同じだ。

あの人は私のことを見てくれなくなった、他の女と抱きあっているのだ、もう私を「愛」してないのだ。さまざまな苦しみや恨みつらみの言葉が胸の内から湧《わ》きでてくる。これらは、こういう状況になった時に、繰り返し小説や映画の中で示されてきた感情で、私たちがその状態に陥った時に感じなくてはならないと社会が期待する感情ともなっている。こうして私たちは、生まれた時から嫉妬を容認する価値観の中で洗脳され、意識の内からも外からも、嫉妬にがんじがらめにされている。

こう考えると、私たちは決してこの嫉妬の牢獄《ろうごく》から抜けだせないように思える。しかし、苦痛とは、そこに問題があるという信号だ。苦痛があるから、怪我《けが》や病気が意識され、治療が始まる。

心の苦痛もまた、そこに何か問題があると意識させる機能を持っているのではないだろうか。そうやって認識された痛みは、増大する方向ではなく、解消する方向に進むべきものだ。

かつて奴隷制は、当然のこととして、支配者階級に受けとめられていた。奴隷状態に置かれた人たちも、その状態が辛《つら》いという認識がない限り、自らの環境を当然のことと受けとめ続けただろう。しかし、苦痛が認識され、苦痛と感じる人々が増大し、もう我慢できないという臨界点に達するに至って、奴隷制は打ち砕かれることになった。

人は苦痛を我慢する必要はない。心が苦しみにあがく時、変えなくてはならないのは、苦痛を生みだす人の既成概念や価値観である。それらはすでに今の時代と合わなくなって歪《ゆが》んでしまい、その歪みが苦痛をもたらしているのだ。

「愛」、性交、嫉妬。現代社会で苦痛を生みだすものはこれだけではない。家族の関わり合い方、人生の捉え方。今の時代、古い価値観の枠をはめると、ものすごい音をたてて軋《きし》りはじめるものはやたら多い。

そこから苦痛が生まれるならば、私たちは我慢することはない。私たちの価値観が私たちにそぐわず、私たちを不幸にするならば、変わらなくてはならないのは、私たちではなく、私たちの中に居座った認識であり、私たちにそれを押しつける社会だ。

それを変えるには、肌から皮膚を剥《は》がすような痛みが伴うかもしれない。無理だと思うかもしれない。しかしだからといって、ガン細胞を増殖させておく必要はない。

私たちの認識に外科手術を施すのは、理解というメスだ。そのメスを幾度も振るっているうちに、私たちの分厚い既成概念の皮膚はいつか薄くなっていくだろうし、私たちを取り巻く社会も変貌《へんぼう》していくことだろう。

赤ちゃんを作るのにいい日

冬が終わって夏に入りつつあるので、このところやけに暑い。緑はますます濃く、海はどこまでも青く、太陽はじりじりと空の極みにせり上がってきた。回帰線圏内にあるタヒチは、夏というと、まさに太陽が頭上を通り過ぎるのだ。

「真夏に自分の影を見るだろう、そしたら足の回りにちょこっとあるだけさ」とは、タヒチの人の言葉である。

蒸し暑さはないので、過ごしやすいとはいえるが、昼頃、外に出ると、パン焼き竈《かまど》で焼かれている感じだ。陽射《ひざ》しの中にいると、目を細めたくなるほど眩《まぶ》しく、浜辺の砂も道路のアスファルトも火傷《やけど》しそうに熱くなっている。

先日の月曜日、そんな炎天下、私は車のことで、家から歩いて三分のところにある整備工場に出向いていった。用事をすませて、またアスファルトの道を引き返していると、パレオをまとった丸々した女性が道脇《みちわき》に立っていた。髪を頭のてっぺんで団子に結び、ぽっちゃりした顔に黒い瞳《ひとみ》、少し突きだした唇がかわいらしい。道路沿いに家が数軒建っているところに佇《たたず》んでいるのだから、近所の人にちがいない。「ボンジュール」と挨拶《あいさつ》すると、彼女は、「店に行ってきたの？」と聞いた。

この近くで、店といえば一軒だけだ。整備工場のそのまた先、歩いて五分ほどのところにある中国人一家が経営する万屋《よろずや》だ。たどたどしいフランス語で、実は修理工場に行っていたのだと説明するのが面倒なので、私は、そうだ、と答えた。

彼女だって、私がどこに行ってきたのか本心から知りたかったわけではない。ただ、話すきっかけが欲しかっただけらしい。次に、彼女は「暑いね」とうんざりした顔をした。私も顔の前を手で扇《あお》ぐ真似《まね》をして、「暑い」と答える。彼女は大きく頷《うなず》いて、「おお、暑い。私、海に行くわ」といって歩きだした。ちょうどひと泳ぎしたいと思っていたところだったので、「私も」と応じて、私は家に戻っていった。

水着に着替えて、バスタオルを持って、丘を降りていく。道路を渡れば、すぐ前は海だ。砂浜に、ココナツの木々がぽつんぽつんと五本ほど並んでいる。いつもはサーフィン少年たちが騒いでいる浜辺には、昼前ということもあって、人気は少なかった。

彼女はすでに浜辺にいて、私を見つけると、嬉《うれ》しそうに両手を振った。私が泳ぎはじめると、浜辺で遊んでいた七歳くらいの男の子からブギボードを取りあげて、海に入り、その丸い卵のような体をボードに載せて、ぷかぷかと私に近づいてきた。ブギボードは少年少女のものという先入観を持っていた私は、ちょっと意外な感じがした。

「それ、簡単？」

ブギボードで遊んだことのない私は聞いた。彼女は頷いて、私を子供からせしめたボードに乗せてくれた。

私はオットセイのようにブギボードに乗り、いわれるままに波を待つ。海は穏やかで、たゆたうような波が押し寄せるだけだ。それでもブギボードに俯《うつぶ》せになって、波に揺られると心地よい。

「おもしろいわ」

私がいうと、彼女は白い歯を見せて、にこっと笑った。

こうして私は生まれて初めてブギボードに乗り、ライティアと知り合いになった。

ライティアには三つの名前がある。ひとつはフランス語でバレンティーナ。だが、小さな酒樽《さかだる》のような彼女は、どう見ても、バレンティーナの雰囲気ではない。もうひとつは、タヒチ語の名で、ティなんとかというのだが、あまりに長い名前なので、私には覚えられない。三つ目が、結婚した後に与えられる名前で、ライティア。白い空という意味だという。

「あんた、独身？」

私をブギボードに乗せて、大きな波を待ちながら、ライティアが聞いてきた。そうだ、と答えると、「それがいいわ」と彼女がいう。私は、あんたは結婚しているの、と尋ねた。ライティアは結婚名だと聞いたから、結婚しているとはわかったが、ス・マリエというフランス語の動詞を使ってみたかったのだ。ライティアは頷いて、大声で「セ・ドマージュ」と叫んだ。災難だ、という意味だが、その言い方があまりにも正直で、あまりにも残念そうだったので、私はおかしくなった。

「セ・ドマージュ？」

「ウィ、セ・ドマージュ」

二人して笑っていると、ライティアが海の彼方《かなた》を指さして何か叫んだ。波だ、といっているらしい。穏やかな海に、比較的大きな波が盛りあがり、こちらに押しよせてくる。

私は慌《あわ》てて彼女に習った通り、ブギボードを浜のほうに向けた。波が私たちの背後で立ちあがり、覆《おお》いかぶさる直前、ライティアが私の尻《しり》を押した。どどっ、という波音が私を包んだ。うまくすれば波に乗って浜辺まで滑っていくはずが、波が過ぎた後も私はやはり海にいた。ライティアと立っていたところから、一メートルくらいしか動いてない。

私は照れ笑いを浮かべて、また次の波を待ちながら、ライティアと話しはじめた。

「なぜ、結婚が災難なの」

ライティアは顔をしかめて、人生の楽しいことは、皆、終わってしまった、というようなことをいった。

もう少し詳しく聞きたかったが、波間でできる会話ではないし、私の言語能力以上のものを要求される。私はもっと簡単なことを尋ねることにした。

この集落についてだ。

私の家の建つ丘は、背後の山から続く谷の海辺への出口にある。丘から見下ろすと、その谷間に家がぽつぽつと建っていて、集落を形成しているのがわかるが、まだその全貌《ぜんぼう》をつかみきっていなかったのだ。

ライティアは、この集落には十一軒の家があるといった。私の家が十二軒目らしい。たいてい大家族で、最大の家族は二十名もいる。彼女自身は、子供一人と養子一人

（タヒチには養子の習慣がごく普通に見受けられる）、父親と夫と五人家族だという。ポリネシア人の家族にしては少人数だ。少ないのね、と驚くと、ライティアは、「子供は一人で充分よ」と真面目《まじめ》な顔で答えた。結婚して、夫に縛りつけられているだけで災難なのに、さらに子供はいらない、といっているようだった。

私たちは小一時間ほど交替でブギボードで遊び、浜辺に座って休んだ。彼女は持ってきたビスケットを私に差しだした。そして私が一枚食べ終わったのを見て、ビスケットの箱を指で示した。

「これ、あんたのよ」

人にものを勧める時、日本人なら、「どうぞ」とか「遠慮しないで」とかいう言葉を使う。しかし、そこには、これは自分のものなのだから遠慮するのが普通だが、分けてあげる、という意識が横たわっている。しかし、「これ、あんたのよ」という表現には、自分のものという意識はない。あなたのものだ、と相手にすべて差しだしている。私はその直截《ちょくさい》で美しい言葉に心を動かされた。

「あんた、ウルは好き？」

海を眺めてビスケットを食べながら彼女が聞く。ウルとはタヒチ語で、ブレッドフルーツのことだ。サッカーボールくらいの大きさの黄緑色の果実だ。皮が真っ黒になるまで火で炙《あぶ》り、中の果肉を食べるのだが、薄黄色の果肉はパンのように柔らかくておいしい。半個も食べると、お腹《なか》ははちきれそうになる。タヒチ人の家の庭にはたいていウルの木が植えられている。私の家の庭にもウルを何本か植えたが、まだ実をつけるほど大きくはない。それを聞くと、彼女は自分の家のウルをあげるといいだした。

私たちは浜辺から腰を上げ、ライティアの家へと歩きだした。

ライティアの家は、車道から山間《やまあい》の谷に向かう小道の先にある。その小道は私道になっているので、足を踏みいれるのは初めてだった。

濃いピンクの葉をつけた植木が並ぶ小道の先に、平屋の家がぽつんぽつんと覗《のぞ》いている。二十メートルほど歩いた左手が、ライティアの家だった。

入口からすぐに居間になっている。家の中にはほとんど壁はなく、薄暗くひんやりとした空間に、長椅子《ながいす》や机や、カウンターが置かれている。贅沢《ぜいたく》な調度品はないが、床はきれいに掃除され、どこか日本の田舎の家を思わせた。入口の横のソファに足の悪いライティアの父親が横になっていて、寝たきりのまま、私に微笑《ほほえ》みかけた。私は、彼女の貝細工師の夫が作ったという装飾品を見せてもらい、ウルを取りにまた外に出ていった。

マンゴーやアボカドの木の生える庭を通り抜けて、垣根代わりの植え込みを跨《また》いでいくと、別の小道に出る。舗装などされていない私道だ。小川沿いにくねくねと曲がりながら、谷を抜けて山のほうに続いている。

そこは車道からは想像することのできない、別世界だった。道のあちこちに植えられたウルの木。静かに流れるせせらぎ。広々としたレモンの果樹園や、きれいに刈られた草地に生える巨大なランブータンの木。茂みの奥にひっそりと隠れるように建つ家々。この平和な細長い谷の半分は、ライティアの家族の所有になっていて、一族の家がここに点在しているのだ。

何本ものウルの木の前を通りすぎながら、ライティアは、「これじゃないの、あんたにあげるのは特別なウルよ。ものすごくおいしいんだから」という。ウルは五十種類くらいあると聞いたことがある。それぞれ味が違うらしい。

やがて一本のウルの木のある家の前に着くと、ライティアは家に向かって何か叫んだ。まもなく短パン姿の女が出てきた。彼女はライティアの義弟の妻だという。その義妹に頼んで、私は食べ頃のウルを二個、もらった。

帰って食べると、ほんとうにおいしかった。なんでも、これぞ幻のウルともいえる、最高の味のウルらしかった。

三日後の木曜日、私は新品のブギボードを抱えて、ライティアを訪ねていった。朝方雨が降ったため海は泥色をしていたが、昼近くになると、太陽が雲の間から顔を覗かせていた。家の前に来ると、庭のほうから、のんびりしたラジオ音楽が流れてくる。「ボンジュール」といいながら、そちらに顔を出すと、ライティアは穏やかな表情の男と並んで座り、音楽に耳を傾けていた。

挨拶を交わしてから、彼女は、私の手にしたブギボードを見て、目を輝かした。

「買ったの？」

私は自分の分は買った。そして、これはあんたのだ、といって、ブギボードを渡した。それは本当にライティアのために買ったブギボードだった。だから、ライティアがビスケットを勧めてくれたのと同じ表現を使って、「あんたのだ」といったのだが、私のものをあんたのもののつもりで使ってくれ、という意味とも取れることに気がついた。「贈り物」とつけ加えると、ようやく彼女にもわかったらしい。私の頬に感謝のキスをしてくれた。

それから一緒に座っていた男を振り返り、自分の夫だと紹介した。

「今日は仕事には行ってないの。寝坊したから」

のんびりしたものだ。それで子供が学校に行っている間、音楽を聴いて、ロマンチックに二人だけの時間を過ごしていたのだ。

「まあ、仕事を休むにはいい日かもね」

私が少しぐずついた天気を示していうと、ライティアは笑った。

「そうよ、赤ちゃんを作るのにいい日」

ライティアは赤ちゃんは欲しくないのだから、性交にはいい日よ、ということだ。

アメリカン・インディアンの有名な言葉に、今日は死ぬのにいい日だ、というものがあるが、赤ちゃんを作るのにいい日、とは、初めて聞いた。

ブギボードをするのにいい日にまた会おうね、といって、私は家に戻っていった。

ブリリッ

パペエテに行くとたいてい、ポマレ大通りにあるカフェ『レトロ』に立ち寄る。そこは海に面して開けていて、港に停泊するヨットや、町をぶらつく観光客を眺めることができる。明るい陽射《ひざ》しに目を細めながら冷たいビールを飲み、ゆったりとした時を感じるのが好きだ。

その日は、『レトロ』で、ジャンクロードとフランクと待ち合わせていた。飛行機の切符を買うのに手間取り、大幅に遅れた私が店に着いた時には、二人はすでに半分になった飲み物のグラスを前にしていた。

フランクは、タヒチに住むカメラマンだ。彼の名が出されるたびに、その両親である二人のフランスの有名な映画スターの名が持ちだされる。気の毒だが、常に破産状態にある貧乏カメラマンとしてより、映画スターの息子として、世間に認識されているのだ。

だが、私は腕のいいカメラマンを探していた。それでフランクとは長年の知り合いであるジャンクロードが、この日の会合を設定してくれたのだった。

「フランクは、美の追求者だ。ほら、ここに表れている」

私が席につくや、ジャンクロードは、フランクの撮ったコマーシャル写真を見せてくれた。砂糖きびの茂みの前で、布を一枚まとっただけの裸の女が映っている。美しい写真だった。

「だが、この写真をきみの妻に見せることができるかい」

ジャンクロードの問いに、フランクは戸惑った顔をして、「そのうちに」ともぞもぞと答えている。

「だから、カメラマンってのは、ホモセクシュアルなんだ。マスターベーションして、途中でブリリッ」

ジャンクロードは唇を剝《む》きだして、おならのような音をたて、両手をだらりと下げた。ふにゃちん状態だ。フランクは、助けてくれ、というふうに私に苦笑したが、私は、ちらと笑い返しただけだった。

この出会いが実現するには、何ヶ月もかかっている。半年前、フランクに写真を見せてもらうため、私の電話番号を教えたのに、彼からの電話はなかった。たまたまスーパーマーケットの駐車場で出くわした時、フランクは何度も電話をかけたけど通じなかったと弁解した。ジャンクロードは、その言い訳を、ペニスが柔らかすぎたのだと説明していたから、私は心の中で、ジャンクロードは、そのことと重ね合わせていっているのだなと考えていた。

　フランクはペニスの硬さに問題があるにしろ、写真の腕は、なかなかのものだった。タヒチの海辺の風景や、マルケサス諸島で撮ったという少年たちの顔、サーフィンに興じる子供たちの活《い》き活《い》きした様子。女の裸体の写真よりも、そちらの題材のほうが迫ってくる。私が写真を見ていると、「それで、ひとつ提案がある」とジャンクロードがいいだした。

「フランクに、きみの写真を撮ってもらう」

　実は、郷里の新聞社から正月記事にするということで、私のエッセイと写真を頼まれていた。ジャンクロードに私を撮ってくれるように頼んでいたのだが、彼はそれをフランクに押しつけることにしたらしい。

　仕事に飢えていたフランクに異存があるはずはない。翌週の日曜日から私は旅に出ることにしていたため、あまり時間はなかった。撮影は、その週の金曜日の午前九時頃と約束をして、私たちは別れた。

女というのは、写真を撮られる、つまり、誰かに見られることに対して、性的に興奮する生き物だ。私も例外ではない。

金曜日。私は朝からそわそわとフランクを待っていた。パレオ姿で海で撮影、と話してあったので、私は早々にパレオを着て、身支度を整えていた。

約束の九時の三十分前、電話が鳴った。フランクからだった。

「今、モーレアを出るところ。これからだと、そちらに着くのは、十一時くらいになるけど……」

なぜ、モーレア島にいるのか、わからない。きっと仕事か何かで、突然、モーレア島に行く用事ができたのだろう。モーレア島とタヒチ島の間はフェリーで一時間ほどだ。とにかく、待っているわ、といって、電話を切った。

私は拍子抜けしてパレオを脱ぎ、Tシャツと短パンに着替えて、外の居間を片づけはじめた。

外の居間というのは、炉のある吹きさらしの小屋だ。海を見下ろす庭の縁に作られていて、客が来たら、そこに座ってもらい、食事もできるようになっている。風通しはいいし、夕方、燃える炉の炎を眺めながら、ビールを飲むと気分がいい。

小屋の地面に散らばった木屑《きくず》を拾っていると、車の音がして、ジャンクロードと、彼の友人の画家で詩人のアラン、その恋人カハラがやってきた。ジャンクロードは、撮影の時、フランクと私の緊張を和らげるために立ち寄ってくれるといっていたのだが、アランとカハラを連れてくるとは思わなかった。

「アランは、一緒に酒を飲んで、リラックスするにはぴったりだし、カハラとは一緒に写真に写ればいい」と、ジャンクロードは説明した。確かに、酒好きでお喋《しゃべ》りなアランは、リラックスするにはいい仲間だし、ツアモツ諸島出身のカハラが一緒に写ってくれれば、いかにもタヒチという感じがでるだろう。

「だけど、カメラマンは十一時になるって」

私がいうと、ジャンクロードは両手を下げて、唇をブリリッと鳴らした。

ふにゃちん状態のフランクが本当に現れるかについて一抹の不安はあったが、私たちは、外の居間に座って、とっておきの日本酒を飲みはじめた。

アランは、一日に七リットルのワイン、一本のウイスキーを空けてしまうという、大酒呑《の》みだ。英語はあまり得手ではなく、きみを放りだしてフランス語で喋るのは気が引けるなぁ、といいながら、詩人特有のインスピレーションに満ちた言葉をつらっらと繰りだしていく。最初こそ英語に訳してくれていたジャンクロードも途中でやめてしまい、私はフランス語の波の中で、時々、海草のように曖昧《あいまい》な言葉をつかむことで満足しなくてはならなくなった。しかたないので、カハラの持っている煙草《たばこ》をもらって吸い、時々、この十八歳の娘と、話から弾《はじ》きだされた者同士の共感の微笑《ほほえ》みを交わした。

カハラはフランス語はもちろんわかるが、アランとジャンクロードの芸術、文化談義はちんぷんかんぷんなのだ。

カハラは、アランより三十歳以上年下だ。身長百八十センチほどもあり、その体にくっついた乳房も尻《しり》も実に豊かだ。誰彼かまわず挨拶《あいさつ》代わりに抱きついては、その見事な乳房を押しつけるもので、周囲の特に男たちに嬉《うれ》しい困惑と混乱を惹《ひ》き起こしているという。

実際、浅黒い肌に黒くてくっきりとした瞳《ひとみ》、柔らかな鼻の線。ポリネシア美女カハラに、全身を押しつけられたら、男たちは悩ましさにたまらなくなるだろう。

いい天気だった。空も海もますます青くなっていく。太陽は頭上に昇りつつある。アランとジャンクロードは話を続け、私はちびちびと日本酒を飲み続け、カハラはジュースを飲んで退屈そうに煙草をふかし続ける。

家に続く坂道からエンジンの音が聞こえてきた。スポーツカータイプのぴかぴかのアメリカ車に乗って、フランクの登場だ。

破産者フランクが、こんないい新車に乗っているとは驚きだった。フランクはにやにやと笑いながら、車から仕事道具を出して、私たちのいる小屋に近づいてきた。遅くなった言い訳をいうでもなし、誰も何も聞きはしない。私たちはフランクを交えて段取りを話し、まずカハラと一緒に海での撮影に入ることになった。

私とカハラはパレオに着替えた。パレオとは長さ二メートルくらいの布だ。こちらの人はもともとほとんど裸でいたのだが、ここにやってきた西洋人たちが、それではあんまりだ、これで身を隠してくれと与えた布が、パレオとなった。要するに、裸でいる代用みたいなものだ。下には当然、何も身につけないのが正統だが、私もカハラもパンティだけ穿《は》いていた。

ブギボードを持って、浜辺に出ていくと、近所の六歳くらいの女の子が一人で砂遊びしている。女の子は私たちがブギボードを持って海に入るのを見るや、彼女も自分のブギボードを持って走ってきて、仲間に加わった。タヒチ人は一緒に遊ぶ者がいると大喜びするのだ。

私たちは、遠浅の海に乗りだした。パレオを着て、海に入るのははじめてだ。背の立つところで波に乗って、おとなしく飛びあがったり、沈んだりしているぶんにはいいが、パレオでブギボードとなると、さまざまな部分に支障をきたす。波に乗って波打ち際《ぎわ》に滑りこみ、起きあがったとたんに、パレオの裾《すそ》は割れ、腹から尻まで剝きだしとなり、さらには乳房は半分ほど覗《のぞ》いているという寸法だ。こんな姿で、正月の新聞にお目見えしたくはない。第一、そんな写真は新聞社のほうで却下してしまうだろう。フランクのカメラを意識して、波の下でパレオを直そうとするが、体にぴたりと張りついた布はうまい具合にまとまってはくれない。それでも、なんとかパレオを引っ張りあげ、ブギボードで身を隠すようにして、再び波に乗るために引き返す。隣では、カハラも私と同様、波で結び目の解《ほど》けたパレオと格闘している。まだ乳房のない女の子だけが、一人で気楽にブギボードで遊んでいる。

パレオの収拾がつかなくなると、カハラと交替だ。なんとか格好を整え、カハラからブギボードを返してもらい、またフランクのカメラ目指して、波に乗る。悪戦苦闘しているうちに気がつくと、カハラはさっさと身を隠す努力を放棄してしまい、腰にパレオを巻きつけただけで、波を蹴《け》っておおはしゃぎしている。浅黒く大きな乳房をぶらぶらさせて、波間で踊っている。フランクのカメラも、浜辺で自転車に乗った男がじっと見つめているのもおかまいなしだ。むしろ、それらの男の視線が、彼女を興奮させたのだろう。

カハラの様子があまりに無邪気で楽しげだったので、私も乳房について思い悩むのはやめにした。こうしてフランクは、私たちのパレオ姿を写真に何枚も納め、撮影は終了した。

フランクは、私から撮影料を受け取り、翌週火曜日には現像した写真を渡すといって、スポーツカータイプのアメリカ車で私の家から走りさっていった。

翌週の火曜日、フランクは現れなかった。撮影の日、彼の電話番号を聞いたのだが、彼は電話はないといっていた。その時になって初めて、私は彼がモーレア島に住んでいると知ったのだ。つまり、撮影の朝、モーレア島から電話してきたのは仕事のせいではなく、ただ遅くなっただけだったのだ。

電話がないのが本当かどうかはわからない。とにかく、こちらから連絡はつかないし、彼からの電話もかかってはこない。私の写真と撮影料を持って、蒸発してしまったのである。

「だからいっただろう、彼のペニスはこれだって」

水曜日になってもフランクから音沙汰《おとさた》ないことがわかると、ジャンクロードはまたもや、あのふにゃちんの仕草をしてみせた。

「だけど、また偶然、町で私たちに出会ったりしたら、どうするつもりかしら」

「いつもの通りにこにこして、やあ、というさ」

日本人の感覚では理解できないことだ。長年のタヒチ暮らしに、フランクもこの南の島流儀に染まったらしい。

思案顔の私に、ジャンクロードはいった。

「なに、そのうち、ここに写真を持って現れるさ。レンタカー屋で車を借りてさ」

私は驚いて、あの車はレンタカーだったの、と叫んだ。

「もちろんだよ。レンタカーのステッカー、見なかったかい」

ほんとにフランクのペニスは、ブリリッだ。どこにも到達できはしない。

東に戻る旅

長い旅をして、タヒチに帰りついたばかりだ。アメリカ経由でヨーロッパに寄り、日本へ戻り、そこからマレーシアに往復し、再び日本で所用をすませ、太平洋を斜めに横切ってタヒチに戻るまで、二ヶ月の間、旅暮らしをしてきた。

前に書いたように、タヒチに住みつくまでの私の行程を自由を意味する西への旅だったとするならば、今回は、私の原点に向けて東へ東へと戻ってきたといえよう。実際、ヨーロッパで滞在したのは、私が二十代前半の二年間とタヒチに来るまでの一年少々を過ごしたイタリアだし、日本では大学時代に暮らした関西、生まれ故郷の高知にも足を止めた。まるで私の過去を遡《さかのぼ》る旅のようでもあった。

タヒチのパペエテ空港から、ロサンジェルス空港を経由して、パリで飛行機を乗り継ぎ、二十二時間もかけてようやくローマ、フィウミチーノ空港に降りたった時、私は一瞬、くらりとした。自然が人を圧倒するタヒチから、人々が緻密《ちみつ》に張り巡らされた運河の流れのようにコンクリートの溝を動きまわる都会に舞い戻ったことに起因するものだ。明治時代、田舎から東京に出ていった農婦の心境とでもいうのだろうか。それは瞬時に消えてしまったが、この短い間に私は百年もワープしてしまった気分だった。

旅を終えた今、この感覚を振り返ると、近代社会の緊張が私に襲いかかってきた時のショックだったのではないかと思う。

これまで私は、イタリアはリラックスできる国だと信じていた。人々は陽気で開放的だし、怒るときには怒り、笑う時には大きく笑う。彼らにはストレスなぞないのではないかとすら想像していた。二度に亘《わた》って長期滞在するほど気に入ったのも、伸び伸びした気分になれるからだった。

ところがタヒチで暮らした後でイタリアを三週間ほど旅してまわって、私は、自分が思っていたほど、この国の人々はリラックスしているわけでもないことに気がついた。

ホテルや店で見かける、洗練された対応を身につけた従業員。レストランやホームパーティの席上、ぱりっと服を着こなして、誰をも傷つけない社交的な会話をいかにも楽しげに交わす男女。ふざけあいながらも、最後の一線ではとても礼儀正しい私の友人たち。いかに彼らが陽気でも、人なつこくても、その感情の振幅が、イタリアの慣習や礼儀から外れることはまずない。それだけイタリア、ひいてはヨーロッパの社会規範は強いものがあるのだ。

ヨーロッパが長い年月をかけてマナーを確立してきた近代社会であるということを考えると、当然である。これは日本社会にもいえることだが、厳然としたマナーが確立されているということは、その社会が、他の雑多な礼儀や作法を排除し、統合してきたことを意味する。人と出会った時の挨拶《あいさつ》の仕方、服装の選び方、お世辞の言い方。そういった定型の礼儀作法、社会慣習が厳然と存在する。いかに開放的に見えるイタリア人だろうと、ここからは自由ではない。

私がイタリアでリラックスできると思っていたのは、外国人ならではの気楽さに過ぎなかった。マナーを知らない外国人なら、少しばかり社会規範に外れたことをしても許されたからだし、規範に外れたことをしでかしても、私自身、気がつかなかったせいだ。これは私の中の日本人的傾向であると思う。日本人が海外旅行をして解き放たれた気分になるのは、その国の社会規範に対する無知のせいではないだろうか。

目下、イタリアは、ヨーロッパの中で最も日本人観光客に人気のある国だという。特に、若い女性を惹《ひ》きつけている。実際、私がイタリアを巡った時も、いかに日本が不況だと騒いでいても、若い日本人女性観光客はうじゃうじゃいた。

なぜイタリアが特に人気があるのか。それは、いかに社会規範に縛られていようと、ヨーロッパ内では、イタリアはまだしもリラックスした国だからだろう。

その国の人のリラックス度を計るには、性的にどのくらい肩の力が抜けているかを見るのがわかりやすいと、私は思っている。平易にいえば、見知らぬ男が女に声をかけてくる場合がどれだけ多いかどうかだ。

私が二十二歳でイタリアに行った時、なんといっても楽しかったのは、町で男によく声をかけられたことだった。道を歩いていると、通りすがりに、「チャオ、ベッラ(別嬪《べっぴん》さん)」と声をかけてくる。バールに座っていると、隣のテーブルやカウンターの男たちがウインクしてくる。それは自分が女であり、男を惹きつける力があることを認識させてくれる、興奮する体験だった。

よくそれはイタリア男の社交辞令とか、女性への礼儀の一種とかいわれるが、私は、つまりは男の女に対する性的欲望の放出が社会的に認知されているということだと思う。これらの行為は、自分は雄として雌のあんたに惹かれている、という意思表示だ。

その意思表示を公衆の場で堂々と行うことで、彼らは雄としての自信を得て、女はそれを受け止めることで、雌としての自信を得る。

雄としての本能の強いイタリア男は、きっと一日に二十度くらい、「チャオ、ベッラ」と女に声をかけていることだろう。性的な社会規範のもっと厳しい他のヨーロッパの国（特に紳士の国イギリスなど）では、これほど頻繁には起こらない。イタリア女は男の欲望を嗅《か》ぎつけ、女っぽい身振りや、美しく飾りたてることで、それに応じる。彼女たちのセンスの良さは、そこに起因している。若い日本人女性を惹きつけているのも、この国のこんな性的エネルギーだと思う。

イタリア男の雄の視線を浴びて、日本の女は自分を雌だと認識できる。それが彼女たちを性的に興奮させるのだ。イタリアの食事やファッション目当てなどというのは、性欲の言い訳にすぎない。

男たちの視線が熱いと思ったのは、マレーシアでも同様だった。マレーシアは回教国である。マレー人女性はたいてい髪をショールで隠しているし、婚姻関係以外の男女の性交渉には厳しいと聞いている。この国の人は、性的に抑圧されていると思っていた。

マレー鉄道で半島を旅行している時に出会った、中国人車掌がこぼしていた。

「ここに来るヨーロッパ人ときたらひどいもんだ。臭いし、ぼろぼろの格好で旅している。自分の国にいるみたいに傍若無人に振る舞って、マレーシアの文化をちっとも重んじない」

その点、日本人は長いパンツに半袖《はんそで》シャツだ、マレーシアの文化を重んじてくれると持ち上げてくれた。実のところ日本人は、マラリア蚊が怖くてガイドブックの示唆《しさ》する通りの服装をしているだけなのだが、彼の日本人評価に水を差すこともないと、私は黙っていた。

「特にドイツ人の女ときたら、迷惑このうえない。ノーブラで、乳房を剝《む》きだしにして、タンクトップの半裸同然の格好で歩いてるんだから」

布袋《ほてい》のように太った車掌は、突きだした腹の上で両手で乳房の形を作ってみせた。

私が、特に目に余るのは女なのかと問い直すと、彼はきっぱりと「女だ、ノーブラだ」と断言した。裏を返せば、この車掌はそれだけ露《あら》わな女の乳房に欲情させられているということだ。私にはそれは社会の性的抑圧の下から噴きだしてくるほどの欲望の強さの現れに思えた。

タイとの国境近くの町コタバルに行った時には、州立博物館の若いマレー人の館員と会った。彼は見学する私の後にくっついてきて、あれこれと話しかけた末、私の顔をじっと見つめて、あんたに興味がある、とはっきりと口に出した。

東海岸の町クアラ・トレンガヌでは、人気のない昼間の海辺の公園で、車から降りてきた町の不良少年三人組に出くわした。その中の一人のインド系の若者に喰いこむような視線で見つめられて、私は一瞬、視線をはずせなくなった。彼らに背を向けて歩きはじめると、後ろからその若者が叫んだ。

「アイ・ファック・ユー」

罵声《ばせい》ではなく、姦《や》ってやる、という意思表示だ。その直截《ちょくさい》さに、私は性的に興奮した。どちらの場面でも実際に性行為に及んだわけではないが、マレーシアのあちこちで、社会規範の綻《ほころ》びから噴きあげてくる性的欲望に触れるたびに、私は下半身がぞくぞくした。

ところが日本に戻って電車に乗ったとたん、世の中は死んだようになってしまった。その時、夜の成田線の人気の少ない電車には、うつらうつらしている若い男と背中を丸めてテレビゲームに没頭する女子高校生、それに仕事仲間らしい五十代の女が二人、声高に世間話をしていた。一見、人々は電車を居間としてしまって、くつろいでいるように見える。だが、乗り合わせた者同士、視線を合わすことはない。異性同士だけでなく、同性でもそうだ。そこには他者との繋《つな》がりの生ずる隙《すき》がない。

もしここに一人の男が入ってきて、テレビゲームに興じている娘に性的な興味を覚え、「かわいいね」などと声をかけたとしたらどうだろう。娘はぎょっとして腰を浮かせ、そそくさと別の車両に逃げだすだろうし、五十代の女二人は、淫猥《いんわい》なことをしでかした罪人を見るようにその男に非難の眼差《まなざ》しを送るだろう。居眠りをしている男が、もしその一件に気がついたとしたら、そんな立場に陥らなくてよかったと安堵《あんど》しつつ狸寝入《たぬきねい》りを決めこむだろう。そして、娘に声をかけた男は恥入り、二度とこんなことはするまいと自分を抑制する方向に進むだろう。

日本では、性的欲望を公《おおやけ》に露出させることはイタリアのように社会的に認知されてないし、マレーシアのように社会規範の枠の間から噴きだすほど、日本人の性的エネルギーが強いわけでもない。厳しい社会規範によって、日本の男の雄としての本能は押し潰《つぶ》され、弱まっている。つまり、男は気軽に女性にアプローチできなくなっているということだ。第一、見知らぬ人に声をかけることは、現代日本社会においてはタブーだ。道ひとつ聞くにも、「すみません、ちょっとお尋ねしますが」などと、まどろっこしい説明をしてからでないと、人は立ち止まってくれない。「ちょっと、ごめん」などと気軽に声をかけると、キャッチ・セールスか胡散臭《うさんくさ》い奴《やつ》、と警戒されてしまう。イタリア男を真似《まね》て、「お姉ちゃん、きれいだね」などと通りすがりの女性に声をかけたりすれば、変態と受け取られかねない。

このタブーを犯してまで、見知らぬ女性に声をかけるためには、自他ともに納得させるだけの大きな動機づけが必要だ。そこで一目惚《ひとめぼ》れしたとか、恋したとか、ご大層な言い訳がくっついてくる。雄として雌に惹かれた、という単純な理由では、日本の強い社会規範を破れないのだ。

このご大層な言い訳に男性側も酔ってしまうので、必死の覚悟で声をかけ、断られると、激しく自尊心が傷つく。そこで逆恨みして、ストーカー的な行動に走りやすくなる。

日本では性的エネルギーは表層に出てこれない。性は暗闇《くらやみ》の中に押しこまれてしまっている。本能から生ずる性的興奮ですら、公衆の面前で露わにすることはタブーとされている。公的に性的エネルギーを発散させてもいいと認知されているのは、酔っぱらった席か、性交もしくはそれに準ずる行為を目的とする営業行為の場くらいのものだ。酒場やファッションマッサージという場では発散できない人々の性的欲望が、援助交際や不倫、レイプ、覗《のぞ》きなどの行為を通して噴出してくるのも無理はない。

一九九九年一月十九日。日本を発《た》って、タヒチに戻る飛行機に乗った。日本人乗客のほとんどが新婚カップルだ。窓際《まどぎわ》の席に二人ずつ、修学旅行生よろしくお行儀よく並んでいる。結婚したばかりというのに、彼らの間からは、ヒト科の雄や雌としての生臭さは立ち昇ってはこない。性的エネルギーを抑圧しつづけてきた東の果ての国のカップルたちは、これからどの方向に旅をしていくのだろう。

腐った「今」と熟れてない「今」

先日、家の裏山を歩いていたら、バナナ林があった。土質がよいらしく、緑のバナナがたわわに実っている。そこは今、売りにだされている土地で、誰も住んでいない。放っておくと、腐るだけだ。私はバナナを盗《と》って帰ってきた。十キロほどあるだろうか。房は七層にも八層にも重なっていて、持つのも一苦労だった。

バナナをまるごと手に入れたのは、初めてだ。こちらの人にいわれるまま、庇《ひさし》の下に吊《つる》し、黄色くなるのを待つことにした。

毎日、まだかまだかと熟するのを待ったが、青みがかった緑色のバナナが熟れる気配はない。一週間経《た》つと、期待も薄れた。バナナを吊してあることも忘れ、二週間は待つことになるのかなとぼんやり考えていた。

十日ほど過ぎたある朝だった。外に出ると、下のほうの房がほんのり黄色くなっている。

あと数日したら食べられると思いつつ、昼頃、ふと見ると、なんといつの間にか、すべてのバナナが黄色に熟している。花が咲く時のように急で、咲いたとなると全開だった。

さあ、困った。バナナは百本ほどある。庭の手入れを頼んでいるジャンクロードの息子、エリックが来たので、彼に三、四十本渡したが、それでもまだ六、七十本は残っている。テーブルの上に山積みになった黄色いバナナを眺めて、この光景こそタヒチだなと思った。

熱帯の自然の恵みは、突然に、豊饒《ほうじょう》に、訪れる。昨日まで何もなかったものが、今日は余ってしまうほどある。そしてそれは熱帯であるがゆえに翌日まで持ち越すのは難しい。

前年の暮れ、家の庭のマンゴーの木が実をつけた。ハンドボールの球ほどある実が次々と赤く熟して、落ちてくる。地面に叩《たた》きつけられて傷ついたマンゴーは、翌日まで置いておくとまずくなる。一日に七、八個食べても、棄《す》てなくてはならないマンゴーは多かった。

今は庭にパッションフルーツが実っているが、これまた一日五個も六個も食べても、追いつかない。

冷蔵庫のなかった昔は、魚や肉も同様だったことだろう。釣りに出て、魚の群れにぶつかると、食卓は魚ばかりとなる。鶏や豚を潰《つぶ》せば、まるごと一匹、食べないといけない。一軒の家で食べつくすのはできないから、人を呼び、一緒に食べることとなる。宴会である。祝日である。祝いの日のイメージは、「楽園」の響きと重なりあう。

タヒチの女の肉体も、この地の食に似ている。十代半ばで、突然に、豊饒に、実る。十五、六歳ともなると、少女たちの乳房や尻《しり》は、はちきれんばかりに膨れあがり、太陽のようなエネルギーを放ちだす。そのエネルギーは、雌としての生命力だ。町や店で見かける花盛りの女たちは、話す時も歩く時も、ぼんやり座っているときも、常に自分が女であることを十二分に意識し、それを人生の美酒のように味わっている。

男の肉体は、これほどドラマチックではない。たぶん女の肉体は、子を産む生理を持つゆえに、よりその土地の自然の実りのサイクルに近いのだろう。だからタヒチの女の肉体は、突然に、全的に実る分、萎《しお》れるのも早い。二十代半ばから急速にそのエネルギーを失っていく。肉はたるみはじめ、太ってくる。

タヒチの女たちは、自分たちの豊饒さに、「明日」はないことを本能的に悟っている。だから、「今」を生きることに全力を賭《か》ける。女が「今」を生きるということは、性的欲望を活発に放出することだ。当然、男もまたその熱い流れに引きこまれる。そして、この島に熱い性のエネルギーの渦が生じる。

タヒチに来た他国者に「楽園」を思わせるからくりはここにある。彼らは熱帯の豊饒さや、人々の強い性的エネルギーの渦に巻きこまれ、楽園を感じる。しかし楽園は、タヒチという土地に存在するのではない。楽園とは、「今」しかないという特性、「今」という時間の中に存在するのだ。

かつて、いつ戦いが起きるか、天災に見舞われるかわからなかった時代、人は生き延びることさえできればよかった。そんな時代には、「今」しか存在しない。しかし、生活が安定すると、じわじわと「昨日」と「明日」が存在を主張しはじめる。昨日と今日を比べて、今日が悪かったら反省や後悔をし、今日がよかったら満足する。そして、今日得た安定を明日も保障されたい、という願いが生まれ、そのためにどうしたらいいか思い煩《わずら》いはじめる。人は「今」を忘れ、後悔や不安、煩いの種を抱え、「昨日」と「明日」の間を行き来しはじめる。

何も、過去や未来に思いを馳《は》せることが悪いのではない。平和な時代、人はバランスよく「昨日」「今日」「明日」を内包して生きるべきだろう。

しかし今の人間は、この意味において、バランスが取れているとはいいがたい。都市を走る満員電車に乗っている人たちの思考を追ってみるとする。たいてい、この混雑した不快な電車から解放されたら、どうしようかと考えている。ひと風呂浴《ふろ》びてビールを飲みたい、友達と一緒に映画でも見たい、今夜はどんなテレビ番組があるだろうか……。電車から降りた後のことを考える代わりに、仕事について、人間関係について、銀行の貯蓄について、さまざまな想像の世界に逃げ込む人も多いことだろう。満員電車の中という「今」に立って、その状況に対峙《たいじ》する人はほとんどいない。対峙する者といえば、性に敏感な人たちくらいだ。彼または彼女は、満員電車の肉体の触れあいによって性的に興奮し、「今」にしがみつくことができる。性的欲望は、「今」を生きることへの活路である。しかしそれは前章で述べたように、日本社会において抑圧されている。満員電車の中で、性的に興奮し、男や女の体に触ったりすれば、痴漢だと騒がれて警察に突きだされかねない。よって、大方の者たちは「今」から目を背け、満員電車の現実から逃避し、駅に着いてようやくほっと一息つく。しかし、それで「今」に立ち戻るのも、一時に過ぎない。狭いアパートに戻って、郊外に一戸建ての家を買う「明日」について考えはじめる。もしくは自分のマンションのローンを払い終わった後を考える（「今はローンが大変で、海外旅行にも行けないけど、払い終わったら、一家総出でヨーロッパ一周でもしてやるぞ」）。または、風呂に入りながら、学生時代はよかったなぁ、と回顧する。妻の顔を見ながら、恋人時代の「昨日」の面影を探そうとする。居酒屋で仲間と会って楽しい「今」を過ごしても、帰りの電車に乗ったとたん、再び「昨日」または「明日」への逃避が始まる。

現代人の毎日は、「今」にいながら、「昨日」または「明日」に逃げることで過ぎていく。

学校に行っている者は、学校から解放されたら、どうしようかと夢想し、会社にいる者は、この仕事を辞めたら、何ができるだろうかと夢想する。若い男女は、どんな相手と結婚したいかと夢想し、結婚した男女は、不倫を夢想する。現実化されることのない「明日」を夢想し、その「明日」が自分の予想とは違った「今」に変わると、また別の「明日」を夢想する。もしくは、「明日」を夢想するのに疲れると、「昨日」を回顧する。

「今」が辛《つら》すぎるからだ。「今」を直視したくないからだ。「今」を無視して、過去の分析と未来予測の上に成長してきた現代社会のつけが、私たちに降りかかっている。

タヒチの自然の恵みの、突然性、豊饒さには、人の意識を「今」に引きずりこむ力がある。ぼんやりしていたら、目の前の実りは無駄になってしまう。人は「今」に生きざるをえない。熱帯という自然が、この力を際《きわ》だたせ、この地の人間を「今」に敏感にする。タヒチと「楽園」が近い距離にあるのは、このおかげだ。

しかし、人を「今」に引きずりこむ力は、熱帯の自然ばかりではない。性的欲望といった、別の力もあるはずだ。その別の力を使えば、温帯や寒帯においても、人は「今」に生きることができ、「楽園」は地上のどこにでも存在しうる。

だが、「楽園」を世界各地に現出させるのを阻《はば》む大きな壁は、現代都市の構造である。現代都市は、「今」を砂粒ほどに凝縮させ、「明日」を宇宙ほどにも肥大させた世界だ。未来空間を見せてくれる新宿副都心の光景は、「今」を「未来」にすり替える巧妙な装置だ。新宿だけでなく、渋谷も池袋も、どの町も近未来的な景観を東京に出現させようと腐心している。東京ばかりではない。大阪も名古屋も、その他の地方都市も、およそ現代の都市と呼ばれる土地は、「未来」を地上に打ち立てようとしていることでは同じである。この意味において、今の日本人のほとんどは、現代都市生活者といえる。

現代都市生活者は、もはや外部空間に「今」を感じることはできない。だから閉鎖空間に「今」を現出させる。コンピューターゲーム、カラオケ、ディスコ。しかし、それは閉鎖空間から出たとたん、跡形なく消滅してしまう「今」だ。だから、人はまた新たな「今」を手に入れるために、新たな仕掛けを欲しがる。そのために金を払う。彼らにとっての「今」は、資本主義経済に組み込まれ、消費されるべき商品となっている。

現代日本社会に生まれ育ち、その中で働いてきた私もまた、「昨日」と「明日」の往復の中で生きてきた。そしてタヒチに住むことによって、私の「今」を手に入れようとしている。だが土地を変えたから、国を変えたからといって、そう簡単に手に入れることのできるものではない。

正直いって私には、「今」を生きる、ということはまだよくわかっていない。なんとなくこんなことかな、というおぼろげな感覚があるだけだ。その微《かす》かな感覚を手探りして、つかみとっていかなくてはならないのではないかと感じている。

イタリア、タヒチと転々と移ってきたせいもあるだろうが、いつまでタヒチにいるつもりですか、とよく聞かれる。わからないと答えれば、永住するつもりかと質問される。何年か過ぎてからの質問ならまだ理解できるが、こちらに住みはじめて一ヶ月もしないうちから、聞かれるようになった。

この類《たぐい》の質問にこだわることこそ、いかに現代日本人が「今」を回避しているかを示していると思う。

彼らにとって、「今」私がどこにいるかはたいした問題ではない。彼らが知りたいのは、私が「明日」どこにいるかだ。そうやって、私の「今」すら、自分の「明日」への回避の巻き添えにしようとする。

このところ、私の意識にある「明日」は、ほぼ二週間以内だ。

それはちょうど緑のバナナが黄色く熟れるくらいの時間。「明日」の食べ物をいつ口にすることができるか、予測できるだけの時間だ。


人を呼んで、バナナパーティをするほど、友達のたくさんいない私は、熟れたバナナを毎日食べている。それでもちっとも減らない。家に吊したバナナの房は黒ずみ、腐りつつある。熟れたバナナの一番おいしい時期は「今」しかない。「今」を逃したら、腐っていくだけだ。

腐った「今」とは、昨日のこと。熟れてない「今」は、明日だ。

自分が黒ずんだバナナを食べ続けていることに気がついて、私ははっとした。それは私がまだ「昨日」に執着していることを、象徴的に示していた。

私は残った十本以上のバナナを、庭を徘徊《はいかい》する野生の鶏に投げ与えた。鶏たちは、この突然に、豊饒に、降ってわいたバナナの山に大喜びして、クウクウいいながらついばみはじめた。

庭に、鶏たちの楽園が現出した。鶏たちにとって時間は「今」しかない。彼らの「楽園」はいつでもどこにでも現れうる。

現代人の「楽園」を味わう能力は、鶏にも劣るのである。

世界は競争に満ちている

週に一度は最寄りの郵便局に行く。タヒチの郵便局は、家への配達は行ってない。各人、私書箱を持っていて、郵便局に自分で取りにいくこととなっている。それでいかに出不精の私でも、スーパーに買物がてら車を走らせることとなる。

なにしろ週に一回くらいしか覗《のぞ》かない私書箱だ。手紙類の束に混じって、中にはたいてい青や黄色の紙が入っている。青は私書箱に入りきらない大きな封筒があるということ、黄色は日本からの小包や書留を知らせる通知だ。この黄色い通知は、郵便局の窓口に並ぶことを意味する。たいして大きな町でもないのに、応対人員二人のみの郵便局の窓口ときたらたいてい混んでいる。ひどい時には三、四十分並ぶことになる。

郵便局に通うようになった当初、私はこの待つ順番の仕組みに戸惑った。窓口の前に列をなしている人もいるかと思えば、ベンチに座っている人もいる。だが、その座っている人もまた、どうやら順番を待っているらしいのだ。日本では、並んでない人は順番待ちを放棄したとみなされて、弾《はじ》きとばされる。しかし、ここでは違うらしい。ベンチに座っていても、並んでいても同じなのである。皆、自分の前の人の顔と、自分の後に入ってきた人の顔を覚えていて、自分の番になったら窓口に立つ。その前後の順番さえ守っていれば、立って並んでいる人が、座って待っていた人に前に来られて怒ることはない。割り込む人もいないし、暗黙の了解のうちに人々の順番は守られている。順番待ちで時間を潰《つぶ》すという意識が薄いのだろう。長蛇の列を見ても、人はいらいらするではなく、ただうんざりした表情を浮かべて待っている。

その日も、ふたつの窓口ともに長い列ができていた。私は少しばかり有能に見えるほうの係員のいる窓口に並んでいた。もっとも有能に見えたのは、その細面の容貌《ようぼう》を知的だと誤解しただけで、すぐに隣の丸顔の中国系タヒチ人の男のほうがずっとてきぱきと仕事をこなすことに気がついた。

私の前には、四人のタヒチ人の女たちが並んで、お喋《しゃべ》りしている。太った四、五十代の女二人と、パレオを着た老婆《ろうば》、それに三十代の女だ。ちょうど月末で、電話代の支払いに来たようだった。背後のベンチには、子供を連れた母親、隣の列にも女たちがいる。その時はやたら女性ばかり目についた。

郵便局のあるこの一帯は、人々の集まる最寄りの中心地だ。ここらに来るために、女たちは少しばかりおしゃれする。耳にハイビスカスを差したり、美しい柄のパレオをまとったり、体にぴったりしたTシャツや短パンを着て、大きな乳房や逞《たくま》しい尻《しり》を晒《さら》したりしている。どの女も年齢に関わりなく色っぽい。自分たちが女であることを十二分に意識している。しかし、彼女たちにとって、女であることは、日本の女たちのように可愛《かわい》らしい仕草をしたり、愛想笑いを浮かべることは意味しない。白目に映える大きな黒い瞳《ひとみ》は、虚空《こくう》をきゅっと見つめているだけだし、分厚い唇には作り笑いのかけらもない。不機嫌な時は不機嫌な顔をして、知り合いに会えば、表情を和らげる。

彼女たちを眺めていて、私はぞくりとした。

どの女も危険だった。どの女も、自分が女であると腹の底から自覚し、男を挟んで、女の敵は常に女であるということを知っていた。ここにいるどんな女とも、恋人を奪い合うようなはめには陥りたくはないと思った。

郵便局の戸を開いて、若く美しい娘が入ってきた。短いTシャツは乳房をぎりぎり隠す程度、ショートパンツは引き締まった太腿《ふともも》をしっかり露《あら》わにしている。娘は行列を一顧だにせず、カウンターに近づいていくと、私の窓口の男に声をかけた。知り合いらしかった。男は挨拶《あいさつ》を返し、いかにも日常会話の続きというように、自然な形で娘の用件を先にすませてやった。娘はそのお礼に微笑《ほほえ》みを送り、さっさと郵便局を出ていった。

順番を無視されたことに、あからさまに怒る者はいなかった。私も黙ってはいたが、内心、むっとした。なぁに、あの娘、順番を守らないなんて、と心の中で思いながら、大きなガラス窓に映る娘の姿を目で追った。

その時、郵便局にいた他の女たちも、私と同じように娘を見つめていることに気がついた。郵便局で順番待ちしていたほとんどの女たちが、軽やかに歩く娘の姿を凝視していた。

怒りの視線ではない。磁石に吸いつけられたような眼差《まなざ》しだった。

女たちの視線にこめられていたものは、順番破りという道徳違反に対しての怒りとは違っている。だいたいタヒチ人にとって、順番を守ることは、日本人の私ほどに重大なこととも思えない。実際、スーパーなどで、小さな買物だけしかない客に気易《きやす》く先を譲ってあげている人をよく見かける。とすれば、あの女たちの凝視には、何がこめられていたのか。

このことを考える上で、その場の空気を忘れてはならない。私の感じた、女たちの危険な匂《にお》いの意味するもの。それは、女同士の性的魅力の競い合い。郵便局の中は、女たちの性的競争の場と化していた。

そこに娘が現れ、窓口の男を手中に納め、順番破りという勝利を納めた。娘を見送る女たちの視線は、その競争に負けた雌たちの視線だったのではないか。

相手を見つめる、というその行為自体、敗者の敗者たる所以《ゆえん》である。性的競争における勝者は、競争相手を見ない。勝利者は、競争相手に自分の姿を見させる。ただ、郵便局にいた女たちに、なぜ、あの娘を見つめたのかと聞いても、知らない、と肩をすくめて見せるのではないか。せいぜい、うまいことやったな、と思っただけという程度だろう。勝者を見た行為は無意識のものだったというのが、私の推理だ。

女の日常とは同性との性的競争であり、性的競争は、常に勝者と敗者を生みだす。女であることを非常に自覚しているタヒチの女たちは、この弱肉強食のシステムにあまりにも馴《な》れ親しんでいて、性的競争の場面に出くわしても、意識には昇らせることなく、雌としての動物的反応を示すに止《とど》まるのだろう。

それを意識に昇らせ、嫉妬《しっと》と怒りを感じたのは、私である。

最初、私は、順番破りという道徳違反に対する怒り、そして順番を先に越されたことへの嫉妬だと解釈した。

しかし、それは隠れ蓑《みの》的な解釈に過ぎない。道徳違反という言い訳の下に隠されていた本心とは、私は性的競争に負け、女としてプライドが傷つき、嫉妬と怒りが生まれたというところだ。道徳違反という隠れ蓑を使ったのは、私が、同性同士の性的競争の論理に慣れてなかったせいだ。私自身、女として、その中に組みこまれているにもかかわらず、鈍感だった。女たちが危険な香りを放つタヒチにおいて、私はやっと女同士の性的魅力の張り合いに気づかされたのだ。

なぜ私は、これまで女同士の性的競争に鈍感だったのだろう。私個人の鈍感さもあるだろうが、その根の部分には、日本社会に生まれ育ったという背景があるのではないだろうか。

共同体の調和を旨《むね》とする日本において、競争は悪いことだという意識がある。確かに、競争からは、人の醜い部分が引きだされる。競争心は嫉妬や怒りを生み、それは争い、戦いをもたらす。

日本が第二次世界大戦に負け、戦後、アメリカの占領政策に則《のっと》ってもたらされた民主主義における平等という論理が、日本人の心理にあった、競争は悪だ、という認識を刺激したのではないかと、私は思う。

つまり、戦中にあった、戦争に負けるのは恥だ、という意識が、敗戦によって打ち砕かれた。第二次世界大戦とは、日本にとっては、西欧列強との競争を意味した。この競争に負け、日本は、恥も恥、大恥をかいたのである。そこに、アメリカから民主主義による平等論理が導入された。大恥かいたのを忘れるため、日本人は平等論理を諸手《もろて》を挙げて歓迎した。ここにおいて、戦争に負けるのは恥だ、という戦中意識が、戦争＝競争はいけない、競争は恥だ、という意識にすり替わった。以来、競いあう心は醜い、恥だ、という観念は巨大化し、恥の意識で、競争心を抑えつけはじめるようになったのではないか。

競争心に対する恥の意識は、戦後の民主主義を画一的な平等意識へと方向転換させる大きな力となり、特に、教育の場において顕著に現れた。敗戦直後の食糧難の時代を過ぎてからも学校給食制度を続けたことや、通信簿の五段階評価を減らしていったことの背景には、競争心は恥だ、という意識が横たわっている。私の小学校時代などは、ある時期から遠足の弁当もお菓子も果物も学校から配られるようになった。その理由は、遠足の時においても平等なるものを食べるため、だった。もちろん、不平等は、競争心を煽《あお》るからだ。

こうして、教育の場で、競争心は恥だ、という意識教育は徹底された。

もし、この教育と同時に、実際に現実社会から競争というものが消えていっていたなら、何の問題もなかっただろう。

しかし、実際には、世界は競争で成り立っている。人は大学受験のために競争し、いい職場を得るために、いい地位に就くために競争しなくてはならない。いい結婚相手を見つけるため、いい生活を得るため、金を手に入れるため、人は皆、競争の中で生きている。

そして、競争心は恥だという意識教育がもたらしたものは、競争心というものの存在から無意識に目を逸《そ》らす傾向でしかなかった。つまり、競争に対して鈍感な人間を育成することに繫《つな》がったというわけだ。

例えば、切符売場や店のレジなどで、横から人に割りこまれ、順番を飛ばされたとしても、こんな下らないことでいちいち先頭争いをするのは、はしたない、という意識を優先させて、まあ、いいさ、とすませてしまう。そうすればプライドは傷つかないから、自分より強い相手に負けたという事実には目を向けないですむ。戦争に負けた日本が採った方法論と同じである。こうして、競争に鈍感な人間育成教育のおかげで、日本には、言い訳ばかりうまく、力ある者には立ち向から勇気のない人間が多くなってきた。

だが今は話を女同士の性的競争に絞ってみたい。

日本の女性は、同性同士の性的競争に鈍感である。その要因のひとつは、先に述べた、競争そのものに対する抑制教育である。

だが、この抑制教育以前に、女同士の競争は醜い、という強い社会通念がある。近松門左衛門《ちかまつもんざえもん》の浄瑠璃《じょうるり》『心中天の網島《あみじま》』で推奨されるのは、惚《ほ》れた男を妻の手に戻してやろうとする玄人女《くろうと》の心意気であり、夫の遊女狂いを鷹揚《おうよう》に許す妻である。江戸時代この方、女同士が髪振り乱し、爪《つめ》でひっかきあって喧嘩《けんか》する姿は、恥ずかしい、醜いこととされ、心に修羅場を抱えても、競争心を剝《む》きだしにしない女が立派な女とされてきた。

男性は、男同士の性的競争、ちゃんばらにおける果たし合いのようなものに美的価値を認められていたというのに、女同士の性的競争は、日本社会においては、恥として、醜いものとして断罪された。そして、この価値観は今も続いている。

日本の女は、表面上は、女同士の性的競争なぞ、どこにも存在しないという顔で過ごしている。彼女たちが、子供っぽく、無垢《むく》に、可愛らしく振る舞う理由のひとつは、自分は女同士の性的競争とは縁遠い存在であることのアピールでもある。だが、いかに女たちが子供っぽく振る舞っても、世の中には確実に女の性的競争は存在する。男性にもてるのは、性的魅力のある娘だし、面接官のほとんどを男性が占める会社の採用試験において、女性の容姿が判断基準を左右しないとは誰にも断言はできまい。魅力のある女が微笑むことで、問題が簡単に解決することは多いし、歌手や女優になる者は歌唱力や演技力以前に容姿が問題とされる。男も女も、誰もが心の中で美人コンテストを行っている世の中だ。

日本において女であることは、性的競争にどっぷり浸っているくせに、そんなこと、どこの世の話かしら、といわんばかりの阿呆面《あほうづら》を下げている状態を意味する。

南の島で「女であること」

川端康成《かわばたやすなり》の作品に、『女であること』という長編小説がある。これを読んだ時、私は意外な感じがした。

それまで抱いていた川端の小説の印象と違うのだ。明るく、からりとしている。昭和四年、新聞小説として書かれた『浅草紅団《くれないだん》』に通じるものがあるが、これが第二次世界大戦を挟んで、三十年近い時を経た昭和三十一年に発表されていることを発見して、意外の感は深くなった。

さらに、『女であること』発表五年後の昭和三十六年に発表された『古都』と読み比べてみて、私はおもしろいことに気がついた。

『古都』は、京都で生まれ育った双子が、それぞれ別の家で育てられて再会し、その境遇の差からくる葛藤《かっとう》や姉妹の情を描いたものだ。片や老舗《しにせ》の跡取り娘、千重子、片や杉山で働く村娘、苗子。共通点は、人目を惹《ひ》く美貌《びぼう》（瓜《うり》二つの双子という設定だから当然ではあるが）と、驚くべきほどの「いい子ちゃん」であることだ。

気は優しくて器量良しの娘が二人、主人公と副主人公を務める話なのだ。正直いって私は、あまりにできすぎた話だと鼻白んだ。二十歳の娘が二人いれば、嫉妬《しっと》も生まれることだろう。姉妹としてではなく、他人として育てられたのだからなおさらに、女同士の性的競争が存在するはずだ。

しかし、この小説では、その部分は無視されている。かろうじて、貧しい村娘として育った苗子の心理に描かれている部分もなくはないが、それも物語に抑揚をつけるためのさざ波程度でしかない。しかもその心理は、単に若い娘が拗《す》ねているだけのように描かれ、そこにあるはずの双子の姉、千重子への性的競争という視点は欠如している。そして小説は、この「美しい女」二人の「美しい心」を下敷きにして、「美しい京都」の風情《ふぜい》がたっぷりと描かれているのである。このようにして、日本の女が「美しい日本」の中で美化されている。

性的競争の無視からくる日本女性の美化は、川端の他の小説にもよく現れる。彼の小説の登場人物の女たちは、たいていしとやかで、嫉妬の情も含めて感情は控えめ、男の前で荒ぶることがない。実に日本の男が理想とする女として登場する。

たぶん、川端の目に映る日本の女たちは、そのように振る舞っていたのだろう。しかし、戦後、アメリカ文化が流入してくるに従って、新種の若い娘たちが登場した。この娘たちはそれ以前の日本の女の類型に従うことを拒否し、アメリカの騒がしいまでの自己露出文化を見習い、陽気で活発、軽々しいというヤンキー娘を目指して走りだしたのだ。

この戦後の和製ヤンキー娘を描こうとして、川端が筆を執った作品が、『女であること』ではなかったかと私は思う。

『女であること』でも、やはり二人の美しい若い娘が登場する。大阪娘さかえ、と、殺人犯の父を持つ妙子だ。家出して東京に出てきたさかえと、弁護士の家にやっかいになっている妙子が同じ家に住むことからくる衝突や、そこから派生する事件が描かれている。

ここでは女同士の性的競争は、『古都』より明確に描かれているが、作者の捉《とら》え方は『古都』と変わることはない。やはり若い女ゆえの気まぐれ、移ろいやすさとして受け止められているだけだ。

川端は、女同士の性的競争を見据えるのが怖かったのだ。だから、小説の中で追求しなかった。前に書いた、女同士の性的競争は醜いもの、恥だ、という日本の社会概念が、川端の書く手を抑制させたということもあるだろう。『女であること』の中にこんな一節がある。

「男はみなきらい。」と、さかえは口走った。

「きらいやわ。男の人はそとがわしかあらへん。なかがなにやら、うちはわからないんです。」

このさかえの言葉は、女の発想ではない。女にとっては、男は外側だけだろうと、中側がどうだろうと、いっこうに構わない。男は男としてそこにいるだけでいい。女は男の内やら外やらは詮索《せんさく》しない。

この言葉は、川端が、戦後の新種の女たちに対して向けたものと、私は見なす。この文章を川端の本音に変えるなら、「女はそとがわしかありゃしない。なかがなにやら、俺にはわからないよ」と、なるだろう。しかし彼は、女たちがわからない、と認めることはせず、和製ヤンキー娘の心理をつかむ試みを放棄している。『女であること』の五年後に、彼は『古都』を発表した。女の内側を見る冒険から退き、多くの川端作品に共通する「美しい日本」の「美しい女」路線に戻っている。

いくつかの作品で女の内側を捉えようという試みはしたにしろ、このように常に川端は、彼の美的感覚を満足させる女の外側を描く作業に還っていく。『伊豆《いず》の踊子』の旅芸人、『雪国』の芸者、『古都』の結婚を待つ姉妹、『山の音』の嫁。皆、内にあるものを外には出さず、しとやかで慎ましく、心根の美しい女たちばかりだ。

先述したように、川端の出会った多くの女たちは、きっとそう見えたのだ。

男を客とする芸人や芸者、結婚相手を求める若い娘や、結婚生活の安泰を望む専業主婦が、うっかり自分の内側をさらけだして、自分に対する男の評価を落とすような危険を冒すわけはない。男の意向に反することは、男の経済的庇護《ひご》を受けられなくなることを意味する。生きのびるためには、女は、男の美意識を満足させなくてはならない。特に川端の時代は、この意識は強かったはずだ。

もちろん、男の目には、女の外側しか映りはしない。男に外側で接することは、女の処世術だからだ。男たちが、女は外側しかありゃしないよ、とぼやくのも当然である。しかし、その女の外側を作ったのは、男たち自身であることを忘れてはならない。

明治以降の近代小説の中で、多くの男の作家たちが、女の外側を創造しつづけてきた。その外側とは、たいていは、美しく、優しく、感情表現の控えめな女像だ。その抑えに抑えたところから、時折噴出する恥じらいやら、思慕の情や、嫉妬を微妙に描きあげることで恋愛小説が成立する。女同士の性的競争は、この控えめな嫉妬の中にしか現れない。

高校生の時、母が好きな作家、立原正秋の小説が本棚に何冊もあったので、読みふけったことがある。つらつらと読めておもしろかったのだが、やがて「柳腰の女」と「小股《こまた》の切れ上がった女」しか出てこないことにうんざりした。どっしりした腰を持つ多産系の女は、日本の小説のヒロインにはなれないのだ。

日本の男の作家たちは、強く逞《たくま》しい、生命力に溢《あふ》れた女像を拒絶してきた。日本の小説のヒロインは、貞淑でお上品、だけど芯《しん》は強くて賢い女。永遠の吉永小百合《よしながさゆり》像である（これに対する反動として、娼婦《しょうふ》型ヒロインも存在するが、このヒロイン像には、娼婦だけれど無垢《むく》、という別の形の美化がなされている。ここには男の、成熟した女の性に対する欲望と、処女願望とが現れている。この美化された娼婦型ヒロイン像の投影が、男が求める、昼間は処女で夜は娼婦という、おかしげな妻像だ）。

これらの小説、それを元にして作った芝居、テレビドラマなどに小さい頃から接して育つ日本の女たちが成長して、お話の中のヒロイン像を外側にかぶってみせるようになるのは、自明の理である。この影響下で育った日本の女の作家たちも、やはり、それらのヒロインの再生産に貢献してきた。

こうした作家たちの絶え間ない努力のおかげで、日本の女はどんどん男の気に入るように剪定《せんてい》され、美化され、川端文学に至っては、ついにある到達点にまで達した。これぞ日本文化の造りあげた最高級の盆栽。題名は「大和撫子《やまとなでしこ》」である。

『女であること』は、二人の娘の行く末に何の示唆《しさ》も与えられないまま、ぷつんと終わっている。川端には、彼の知らない外側を身につけた戦後の新しい女たちが、どのような人生を歩むのか見当もつかなかったのだ。

川端がもう少し長く生きていて、戦後の女たちをよく観察したら、彼は、なぁんだ、と思ったかもしれない。

戦後の女たちの身につけている外側もまた、戦前ものの型を仕立て直したものに過ぎないのだから。

パペエテの町に行くと、観光でタヒチにやってきた日本の若い女性たちをよく見かける。同じような服装をして、なよっとした白い手足を出し、痩《や》せた体をふらふらさせて、足許《あしもと》おぼつかない様子で歩いている。特に新婚旅行らしいカップルの女は、男の前で、子供っぽく、あどけない表情を繕っている。

タヒチの浅黒く逞しい女たちの中で、日本の女たちのひ弱さは際《きわ》だっている。

戦後の娘たちも、しょせん、剪定された盆栽に過ぎないのだ。その盆栽の形が、戦前とは少し違うだけだ。美的見地からいえば、川端作品からは後退したかもしれない。なにしろそれは、旧来の大和撫子の形に、アメリカ、西洋式女性のスタイルが導入された、奇妙きてれつなものとなっているからだ。男の経済的庇護を受けなくてもよくなった戦後の女が、なぜ今も盆栽になっているのか。

ここで、もう一度、『女であること』に戻ってみる。先に挙げた戦後の娘、さかえの言葉を、彼女の本心から出たはずの言葉に直すと以下のようになる。「女はそとがわしかあらへん。なかがなにやら、うちにもわからないんです」。突然、家出したり、年上の女に同性愛的感情を抱いたり、その夫を誘惑しようとしたり、わけのわからない感情に翻弄《ほんろう》されて、危うげな行動を起こし続ける、さかえ。彼女の本音は、こんなところだろう。

女もまた、女がわかっていない。自分がどうして感情の波に翻弄されるのか、危うげなのか、ちっともわからない。わかってないから、外側が必要なのだ。それは戦前でも戦後でも変わりはない。戦前の女の外側を脱ぎ棄《す》てた戦後の女もまた、結局は、別の外側を身につけざるをえないのだ。

女は、自分の内側にあるものを捉えない限り、借り物の外側をかぶり続けるしかない。

戦後の女の作家なら、女の内側を捉えることができるのではないか。私は、自分なりに、女の内側を描いてきたと思っていた。だが、最近はそれにも懐疑的だ。

私はこれまで、外側まで出ていかない、女の感情の波を描いてきた。嫉妬、怒り、悲しみという、女が外に向かっては抑えこんできた感情を描いてきた。だが、それは女の内側から発する感情の形状に過ぎなくて、内側そのものではないことに気がついた。女を描くことが感情の移ろいを描くことに過ぎないのなら、それは川端の手法と大差はないではないか。

女の内側とは何だろう。

女の作家である私にとっても、このテーマはまだ未解決のものである。

だが、タヒチに来て、少しわかったことがある。

女の内側にしっかりと腰を据えているのは、性的競争である。女たちは常に他の女と競争している。タヒチでは、その競争は社会道徳の下に隠れてはいない。男による剪定作業によって、刈り取られてはいない。

ここには、柳腰ではなく、どっしり腰の多産系の女たちがいる。この生身の女たちに囲まれていることで、女の内側が私に見えてくるのではないかと考えている。

女が男を立たせている

南半球では冬になり、日中も過ごしやすくなった。海も穏やかで、天気のいい日は、午前中仕事をしてからひと泳ぎして、昼食を取り、ハンモックに横になるという日々を過ごしている。

波の音を聴きながらハンモックに寝転がり、エッセイのことを考えていた時、前に記した川端康成の小説からの連想で「男を立てる」という言葉が浮かんできた。

この言葉、日本人、特に女性なら、小さい頃からよく耳にして育ってきたのではないだろうか。

私もその一人である。しかし、それがどのようなことを意味するのか、自分なりに把握したのは、中学生の時だった。

ある日、私は母を手伝って、家の大掃除をしていた。インテリアコーディネーターを夢みていた私は、家具の配置を変えたりするのが大好きだった。それで、廊下にあって通行を阻《はば》んでいた古い箪笥《たんす》を隣の部屋に入れるように助言したのだった。母は賛成して、私たちは嬉々《きき》として箪笥を動かした。使い勝手のよくなった家を見て、私は嬉《うれ》しくなったものだ。

しかし、その気分も父が帰宅するまでのものだった。帰ってくるなり、箪笥の位置が変わっていることに気がついた父は顔色を変えた。そしていきなり、私と母が二人がかりで動かした箪笥に取りついて、乱暴に元の位置に戻してしまった。その間、自分の怒りを言葉にするでもない、母に説明を聞くでもない、ただ黙って行動したのだった。

日頃、家の外の仕事は自分の領分、内のことは母の領分と決めているような父だった。家の中のことには口を出さず、穏やかな人柄の父が、こんな風に怒りを表現したことに私は強い衝撃を受けた。

父は、自分の知らない間に家具の位置を変えられたことが気に入らなかったのだ。母が事前に相談していれば、怒ることもなく、もっともだといったことだろう。

その時から私は、「男を立てる」とは、大事なことを決めるにあたっては、男性の意見を聞くこと、そして男性に裁量権を任せること、というように解釈した。

私はこの解釈に反発した。まったくもって、とんでもないことだと思った。だいたい父だって築山《つきやま》のど真ん中に巨大な石を置いた時も、道路から玄関までの道の位置をつけ替えた時も、母には何の相談もしなかったはずだ。どうして女だけが、男の了承を得て行動しなくてはならないのか、不公平だと思った。

しかし運命の皮肉とでもいうのだろうか、こともあろうに、私は「男を立てる」ことにヒステリックな男とつきあうことになった。

もちろん最初は、それほどの極端な男とは思いもよらなかった。しかし、よく知るにつれて、あっけにとられる場面に出くわすことになった。

料理屋で、私が男の意見を聞かずに、自分の好きな皿を注文すると怒る、私が勘定場でついと金を出すと怒る、二人で旅行する時、私が自分の名前で宿の予約を取ると怒る。あまりのことに、すぐに別れてしまった。

この男にとって、「男を立てる」とは、男女関係における最終裁量権が男性の側にあることを意味した。よしんば女性が決定を下したりすることがあっても、対外的には男性が下したように見せかけることが大事だった。

この種の意識は、この男に限らず、日本の男性なら多かれ少なかれ持っている。彼らにとって、女とは「男を立てる」べき存在である。この男たちの意識は、結婚した時、強く妻に押しつけられ、妻たちはそれに合わせて生きている。

例えば既婚の女性を旅行に誘うと、十中八、九、「夫に聞かないと……」と即答を避ける。即答するのは、夫と精神的離婚を果たしている妻くらいのものだ。

旅行に行くか行かないか決めるのは本人だ。自分が行きたいのなら、まず行くと決めた上で、その時期や期間に関しては、夫婦という共同生活体の一員として、夫の都合を聞いてから、となるのが当然の流れだろう。

だが、たいていの妻たちの思考はそのように働いてはいない。「私は行きたいけど、夫の許しを得ないと決められない」ということだ。自分の意思より、夫の意思が先行する。

私がこんなことをいうと、妻たちは、「そんなことにいちいち目くじらたてなくてもいいじゃない。男の人には、いちおう、なんでも、お伺いを立てて、はいはいっていっておいて、内からうまぁく操るの。それが賢い女ってものよ」と反論するだろう。そして、それを女の知恵として、得々として娘たちに伝えている。その知恵は、女社会でまことしやかに伝えられてきた処世術である。

だが、これは単に、「男女間の最終裁量権は男にある」という社会定義に迎合するための方便でしかない。

以前、あるイタリア人の男がこんなことをいっていた。

「ロンドンにいた時、そこに住む何人かの日本人の女の子とつきあったんだ。でも、みんな同じなんだな。デートに誘うだろ、どこに行きたいと聞くと、どこでもいいという。何が食べたいと聞いても、何でもいいという。つまんないんで、すぐにあきちゃったよ」

ロンドンに住むくらいなら、かなり独立心の強い娘たちだろう。「男を立てるなんて、くだらないわ」と思っているだろうし、日本でならボーイフレンドをかなり自由に振り回していることだろう。

しかし人は弱気になっている時、根源的なものが出てくる。慣れないロンドン暮しで、不安に晒《さら》されている娘たちの足許《あしもと》からむくむくと頭をもたげてきたのは、「男を立てる」という伝統的意識だったわけだ。

女は男を立てるべきだ、という意識の中で育った女性にとって、「男を立てない」ことは反射的に「女を立てる」ことと理解してしまう。「男を立てる」か「女を立てる」か、二者択一しかない。だから、「女が立たない」なら、「男を立てる」にすぐさま舞い戻ってしまう。

年代の若い夫婦やカップルで、自分たちはそんな旧弊な意識に振りまわされていないと主張する人もいるが、多くの場合、「男を立てる」代わりに、「女を立てる」関係に位置交替しているだけだ。彼女らのいう対等の男女関係とは、女が最終裁量権を発揮する関係でしかないことが多い。

現代の女たちもまた、「男を立てる」意識から逃れきれていない。日本女性の体に染《し》みついた、この「男を立てる」という意識、いったいどこに由来するのだろうか。

「男を立てる」とは、「男が立つ」という言葉から来ている。「男が立つ」を大辞林で引くと「男としての面目が保たれる。男の名誉が守られる。」と出ている。面目やら名誉やら、形骸《けいがい》化の臭《にお》いのする解釈である。

私が「男が立つ」ことについてぶつくさいっていると、ジャンクロードがあっさり、「それはペニスが立つことさ」と断言した。

なるほど、と思った。ペニスは通常状態では、煮こみすぎたおでんの牛蒡《ごぼう》天みたいなものだ。ご神体にしたいほど立派なものではありはしない。だからこそこれが凛々《りり》しく立った時、男は自信を覚え、満身に力が漲《みなぎ》る思いがする、と彼はいう。

男のペニスが立つのは、性的に興奮した時だ。男を性的に興奮させるのは、たいていの場合、女である。

「女性が自分を棄《す》てて、全身から女らしさを発散させることができた時、もちろん、男は立つ。ペニスはそのことについて、女性に対して、感謝と歓びに満たされるんだ」

ジャンクロードの弁である。

つまり、女の性が、男の性を包みこむことにより、男が立つ。女が男を立たせているのである。

男性は、そのことに対して、女性に感謝すべきなのだ。

もっとも忘れてならないのは、これは一方通行の関係ではないことである。男が立つことは、女の歓びでもある。女もまた、そのことに対して男に感謝すべきなのだ。

だが、日本においては、男女お互いの感謝と歓びはいつの間にか忘れさられ、「男が立つ」という言葉だけが形骸化して残ってしまった。「男が立つ」ことに女は感謝しろ、感謝するなら男を立たせておけ、という論理がまかり通ることとなってしまった。

女たちはこのことに対して、怒りを抱えてきた。怒りを抱えつつ、その論理に従ってきた母親たちは、娘たちに「男は立たせておくべきものよ」という女の知恵を伝え続けてきた。だが、男性に対するおもねりの感じられるこの言葉は、上っ面《つら》だけでは捉《とら》えられない強い影響力を持っている。

この言葉の持つ力は、その結果を見るとわかる。

母親から伝えられたこの言葉を、娘が、表面上は男性に従い、裏で上手に操るという方法論として解釈したとしよう。そんな女性に対することになる男性が、もし対等な男女関係を求めていたなら、ペットのように操られることに非常な屈辱を覚えるだろう。

また、娘がこの言葉に反発して、男性に「女を立てる」ことを強いるようになれば、やはり男性側にとっては災難である。男性は「女を立てる」ことで、男としての自信を失っていく。世のいわゆる男女同等のカップルを見ていると、たいてい男性の側は男らしさを失っている。

つまり、男性に屈辱を覚えさせるか、あるいは、男性から、男らしさを奪う結果となっている。これでは男の立つ瀬もない。母親の伝える女の知恵は、女は男を立たせるべきだという意識を押しつけてきた男たちに、見事な復讐《ふくしゅう》を果たしているというべきである。

男女間の決定においては、「男を立てる」ことも、「女を立てる」ことも必要ない。話し合いが必要なだけだ。

私たちは、立っているほうが立派であるという意識から抜けださなくてはならない。ハンモックに寝転がっていると、庭の木々が見える。育ちはじめたばかりの小さな椰子《やし》の木もあるし、すでに大木となっているピスタッチオもある。どの木も地面にしっかりと根を張って「立って」いる。

だが、木々を立たせているのは、大地だ。水と養分を与えて、木々をますます空へと立たせていく。

立っている木が大地より偉いということはないし、大地が木々より偉いということもない。第一、大地は木々がなければ、水分を保つことができない。土の成分は雨と共に海に流され、土地は痩《や》せていくだけだ。待っているのは砂漠である。

男と女の関係もこれに似たものだろう。

大地は木を立たせているが、木は大地に潤《うるお》いと豊饒《ほうじょう》を与えている。私たちは、形骸化した男女通念を棄てて、原点に戻るべきではないだろうか。

未来は壁にぶつかっている

朝、家で仕事をしていたら、外で私を呼ぶ声がした。見ると、隣人のバレンティーナだ。バレンティーナとは、暑い昼下がりの路上で出会ったライティアだ。私はライティアという名前が好きだが、彼女はしゃれた響きのバレンティーナというフランス名で呼ばれたがっているのに気がついて、仕方なく本人の意向を尊重している。

この日、バレンティーナは水着の上にパレオを巻いた姿で庭に現れた。といっても、普段着のパレオではない。鮮やかなオレンジ色の新しいパレオに、わざと肩から水着の黄色の紐《ひも》が見えるようにしている。さらにパンダナスの葉で編んだ帽子をかぶり、口紅をつけているところから察するに、出かけるところらしい。

フランス風に両頰にキスをして挨拶《あいさつ》を交わすと、彼女は「何してたの」と聞いてきた。これは下心があるなと思いつつ、書きものをしていたと答えた。バレンティーナは私が小説家とは知らないから、手紙か日記でも書いていたと思ったのだろう、ちょっと役場まで車で乗せてってくれないかしら、といいだした。予感的中である。

いつかわからないほど昔に自分の家の車は壊れてしまったというバレンティーナは、五キロほど離れたところにあるこの付近の中心地に出るのに、たいていバスを使っている。しかしこのバスときたら、頻繁な時間帯でも一時間に一本しか走ってないという代物《しろもの》だ。そこで私の車に目をつけているのはわかっていた。もっとも、私の下手くそな運転に怖《おそ》れをなしていて、これまで乗せていってくれと頼まれたことはなかった。よほど切実な理由ができたのだろうと思って、どうして役場に行くのかと聞くと、バレンティーナは大きな目玉を天に向けて、額を叩《たた》いてみせた。

「親の集まりがあるのを、私ったらすっかり忘れていたのよ。たった今、電話がかかってきたの。皆して待ってるって」

どうやらPTAの集会みたいなものらしい。連れていくというのは、連れて帰ることも意味するのだろうなと思いつつ、長引かないのならいいけどというと、すぐ終わると力説する。結局、私は仕事を中止して、タクシー運転手をしてあげることにした。

役場というのは、中心地の丘の上にある小さな建物だ。付近には病院や老人養護施設、小児歯科医院などの公共施設が並んでいる。車で丘を上がっていくと、バレンティーナは、私がまだ行ったことのない一画を示した。そこが公立学校らしく、平屋の建物が並んでいる。そのはずれに車を止めてから、バレンティーナが、ここで待ってるか、それとも集まりを見にくるか、と聞いた。車で待っているのも退屈だったので、ついていくことにした。

芝生のある庭に面した簡素な部屋に、ロの字の形にテーブルが置かれ、十二、三人のタヒチ人の女たちが座っていた。黒板を背にして、座の中心となっているのは、ショートカットにミニスカートの若いフランス人女性だ。私が入っていくと、部外者であるにもかかわらず、皆、にこやかに迎えてくれた。私はバレンティーナの横に目立たないように座って、耳を澄ませた。

「まもなくヴァカンスに入ります。何かお子さんのことで、気になることがありませんか」

フランス人女性が聞いている。足首のところにヨーロッパ風の刺青《いれずみ》をした小粋《こいき》な彼女はソーシャルワーカーらしい。しかし、彼女が、どんな小さなことでもいいから、何でもこの場の話題にしてくれと再三催促しても、親たちの反応はぱっとしない。曖《あい》昧《まい》に笑いながら座っているだけ。せいぜいバレンティーナが子供の保険のことについて質問するくらいのものだった。

後でバレンティーナに聞いたところによると、これは息子のクラスの親の会合で、ほんとうなら四十名ほどいるが、いつも三分の一くらいしか出席しない、また出席しても、議論は沸きあがらないので、比較的積極的に意見をいう彼女が不可欠な存在で欠席すると呼びだされるのだという。

出席者が発言しないのは、日本でもよく見かける集会事情だ。最初の興味も失《う》せ、早く終わらないかなと思いはじめた時である。「こんにちは」といって、年輩のタヒチ人女性が現れた。地味ながら、上品なワンピースを着て、美容院に行ってきたばかりといった髪をしている。ソーシャルワーカーの女性が、待ってましたというように彼女を迎えいれた。

この年輩の女性は、ソーシャルワーカーがその悩みを語るようにと、特別に招いた親だということだった。年輩の女性は、黒板の前に立って話しはじめた。

「私の十五歳になる娘のことです。娘は半年ほど前から煙草《たばこ》を吸いはじめました。最近では一日一箱も吸うんです。それにお酒を飲み、麻薬にも手を出しているらしいのです。学校には行かなくなり、家にはほとんど帰ってきません。たまに家に戻ってきた時、いったいどうしたのかと聞いても、何にも答えてはくれないんです」

話しているうちに、その女性は涙をぽろぽろと流しだした。彼女が話し終わると、ソーシャルワーカーはしんとしてしまった親たちに向かっていった。

「皆さんのお子さんはまだ小さいので、今は何も問題はないと思っているかもしれません。しかし、子供が成長するに連れて、問題が出てくるものです。その時、最初に子供の変化に気がつかなくてはいけないのは親です。子供たちにどんな小さな変化があっても見逃してはいけません。その変化について、まず子供と話し合うこと。また何か気になることがあったら、どんなに些細《ささい》なことでもいいですから、私の許《もと》に来てください」

ソーシャルワーカーは何でも自分に相談するように熱心に繰り返して、親の集まりは終わった。

休みになると陽が暮れるまでサーフィンに興じ、夕方には砂浜でカンフーの練習なぞして遊んでいるタヒチの青少年たちもまた、さまざまな問題を抱えているとは知っていた。しかし、バレンティーナに連れられて親の集まりに出ていって、事態はかなり深刻なのだなという印象を受けた。

「楽園タヒチ」のイメージは、観光ビジネスのおっかぶせた衣類にすぎない。その下には、世界の他の国同様、酒や麻薬への耽溺《たんでき》、窃盗犯罪などの青少年問題がしっかり根を下ろしている。

動脈硬化を起こした教育システムにぎりぎり縛られた日本の青少年と違い、ここでは学校のカリキュラムはゆったりしている。休みは多いし、受験戦争もない。なぜ青少年が酒や麻薬に走るのか。

問題は、仕事である。島には充分な就職口がない。学校を出ても、うまく働き口を見つけることができるのは、ごくわずかの人間だ。残りの者は弾《はじ》きだされ、ぶらぶらして過ごすことになる。幸い、海には魚がいるし、豊饒《ほうじょう》な土地はさほど苦労をしなくても、果物や野菜を与えてくれる。気候は快適だから、極端にいえば家などなくても生きていける。しかし、困るのは現金だ。現金ばかりは土や海から生まれてきようはない。現金がないことには、車も買えない、テレビも買えない、映画にも行けない。マスコミによって喧伝《けんでん》される、砂糖やクリームをたっぷりまぶしたファッショナブルな生活が送れない。

サーフィンに一日中興じることができたとしても、青少年の感じるのは挫折感《ざせつかん》だ。人生が始まる時点ですでに敗北感を味わった青少年たちは酒や麻薬に逃避し、それらを買う現金を得るために窃盗に走ることとなる。現代社会においては、「楽園」に生まれたからといって、幸せが待っているわけではないのだ。

タヒチに来る前に暮らしていたイタリアでも同様だった。陽気で気楽な人々の住む、愛と笑いの国イタリア。だが、そのイメージに反して、私の住んでいた町では大学生たちの麻薬耽溺が大きな問題となっていた。私のアパートの近くの広場は麻薬常習者たちの溜《た》まり場と化し、路上に据えられた大きなごみ箱の陰で薬物中毒でふらふらになっている学生や、脱力感を漂わせてベンチに座っている若者たちをよく見かけた。

イタリアにおける若者たちの問題もまた、就職口がないことだ。大学を卒業しても、仕事を見つけるのに一苦労する。一九八〇年に最初に私がイタリアに暮らした時からすでに、若者たちは就職口を探すための手づるを探して血眼《ちまなこ》になっていた。二十年過ぎて、事情は悪化する一方だ。

現代社会において仕事がないということは、人間としての存在権を剝奪《はくだつ》されるようなものだ。若者たちは絶望するしかない。

その点、日本にはまだ働き口の余地はある。しかし仕事があっても、青少年問題はしっかりと存在する。日本の場合、問題は現代社会の仕事の質に繫《つな》がってくる。就職口があったとしても、それは会社の歯車のひとつとして組み込まれることを意味するだけだ。やはり暗澹《あんたん》とした未来しか感じられない。現実から逃避したくなるのは、タヒチやイタリアの青少年たちと同様である。

どこの国でも、青少年問題は同質なる一面を持っている。まず仕事がない、あったとしてもそこに生き甲斐《がい》を感じられない。生き甲斐を感じられるような、自分の能力や興味、好奇心を生かせる専門的仕事に就くためには、キャリアを要求される。しかし、そのキャリアを積む機会は、社会に出ていったばかりの若者には与えられない。だからごく幸運な一握りの人間以外は、社会の歯車の一部として働くしかない。文明社会に暮らす青少年たちは、最終的に同じ壁に頭をぶつけることとなる。

しかし仕事とは何だろうか。仕事とは、会社員や公務員となることといった、社会から提供される就職口だけを意味するのだろうか。

タヒチの青少年に話を戻そう。ここには豊かな土地がある。たいていの子供には親の住む家もある。魚を捕り、豚や鶏を飼い、作物を育てることで、生きることはできるのだ。仕事とは社会から与えられるものという意識を棄《す》ててしまえば、仕事は足許に存在する。問題は現金だ。しかし、食糧も住まいも手の内にあるのだから、現金の用途は、ほとんどが娯楽のためだ。その娯楽ときたら、自分の車を持つとか、レストランで食事するとか、旅行に行くとか、現代社会が消費行動を促すために創造した余暇活動である。私たちは、消費社会を運営するために、コマーシャリズムによって欲望をかき立てられ、現金を使うようにしむけられているのだ。

レストランよりも、自分の家で人を招いて食事をする、映画や旅行よりも、目の前にある山や海に行って楽しむ。そこにこそ本物の楽しみが存在するのではないか。こう考えていくと、人が最低限必要とする現金の額はかなり減ってくる。

もしタヒチの青少年が生活に対する価値観を変えることができるなら、問題はかなりの部分解決するだろう。わずかな現金は、自分の土地で取れたものの余剰を売るなりして得ることも可能だ。さらにここは観光地でもある。観光客相手の何らかの現金収入の手段はある。挫折感なぞ覚える必要はないことに気がつくだろう。

一方、日本の青少年はどうだろうか。生活のすべてが現金消費のシステムに完璧《かんぺき》に組みこまれている国、日本。耕作可能の国土は狭いし、土地もさほど豊かではない。生きていく上では、食費から家賃に至るまで現金が必要だ。しかし現金収入を与えてくれる仕事のほとんどは、社会の歯車のひとつでしかない。歯車とは、いつでも別の人間に取って替わることが可能であること、さらにはその仕事は将来的に機械に取って替わりうることを意味する。

残された道は、歯車ではない仕事を自分で見つけていくしかない。そして、この種の仕事を自分で見つけるという行為には、日本の右へ倣《なら》え式教育システムはちっとも役に立たない。青少年が学校に行かずに、自暴自棄になってしまうのも当然だ。

青少年が壁にぶつかっているということは、人間の未来が壁にぶつかっているということだ。世の中、二〇〇〇年だ、新しいミレニアム突入だと騒いでいるが、その年になっても状況が薔薇色《ばらいろ》に変化することはないだろう。私は二十一世紀に極めて悲観的である。

花は太っているか

高校時代、担任教師が生徒に紙を配った。紙にはそれぞれ同級生の名前が書かれている。自分に配られた紙に載っている同級生についての印象を、無記名でそこに書くというものだった。後で皆の前で読みあげるという。いったい何のためにこんなことをやらせたのかわからない。自分に対する他者の印象を知ることは、生徒の人格形成に役立つとでも思ったのかもしれない。

私の手許《てもと》に来た紙にあったのは、高校野球選手として活躍している男子生徒の名前だった。同じクラスとはいえ、ほとんど話をしたことはないから、何も書くことは浮かばない。仕方なく、「土」とだけ書いた。校庭の土の臭《にお》いだけが、私が彼から受ける印象だったのだ。教師が私の書いたものを披露した時、そのあまりの短さに、クラス中あっけにとられていた。

当然、私について書かれたものもあった。以下のような文章だった。「坂東さんは円である。顔から、体から、性格まですべて丸い」教師が読みあげる言葉を聞きながら、やっぱりな、と思った。高校時代の私は、尻《しり》から腹から乳房、ほっぺたまで、まったくもって、ぱんぱんに膨れあがった風船のようだったのである。

中学、高校、大学時代、私は太っていることを気にしていた。肥満体ほどでもなかったが、日本の基準からすると、小太りの部類に入っていた。

ここ四十年ばかり、日本における美醜感覚は、「丸い」は「太い」、「太い」は「醜い」と同義語になっている。美醜を気にする思春期の少女たちのご多分に漏れず、私もなんとか細く見せたいと、制服のウエストを息が詰まりそうなほど細いところで止め、砂糖や甘いものを控え、いじましい努力をしたものだった。

「丸い」は「太い」、「太い」は「醜い」という呪文《じゅもん》から解放されたのは、大学卒業後、イタリアで暮らしはじめてからだった。イタリア人の基準からいえば、私の肉付き具合は普通である。背丈はさほど高くないので、小太りというより小柄な部類に入れられた。

私は思春期以来、はじめて「普通の体型」となったことに大喜びした。タヒチに来ると、私の体型は、普通どころか、小さくて痩《や》せた部類に組みこまれるようになった。年齢とともに昔の肉が失われたこともあるが、やはりそれは比較の問題である。なにしろタヒチの女たちときたら、遠目には均整が取れていてすらりとしているが、目《ま》の当たりにすると、乳房も腹も尻もとにかく弾《はじ》けそうなほど丸々としている。さらに、二十代半ばを過ぎると、均整は失われ、ほとんどが熱気球のように膨らんでくる。彼女たちの中に混じると、私は子供のようである。

日本人の目からすれば、丸々としたタヒチの女たちは太っている。そして、その美しさで世界に知られるタヒチの女たちであれ、太っているから醜いという、おかしげな結論となる。

女の乳房は丸い、腹も尻も丸い。女の肉体は丸い。丸いものが太っているというならば、地球は太っているし、雲は太っているし、水滴は太っているし、満開の花も太っている。そして、これらはすべて醜い、となってくる。

いったい私たちの美醜感覚は、どうしてこんなに歪《ゆが》んでしまったのか。

「丸い」は「太い」、「太い」は「醜い」と主張してきたものは、流行、ファッションである。

日本の店頭に並んでいるファッション雑誌をめくると、やせっぽちで、ろくに乳房も尻もない外国人モデルたちが、骨っぽい肩を怒らせてポーズを取っている写真ばかりにお目にかかる。

彼女たちから最新流行の衣類を剝《は》ぎ取った裸の姿を想像してみるといい。栄養不足で、今にも倒れそうな不健康な女が現れるだけだ。つまり、ファッションにおける価値観は、乳房も尻もない少年っぽい体型は美しい、乳房も尻も丸々とした女らしい体型は醜い、という結論を下していることになる。

ヨーロッパの服飾の歴史を繙《ひもと》くと、中世頃までは、女性の衣服はその丸い体をゆったりと包みこむ形をしていた。体を縛るものといえば、せいぜい乳房の下で結んだ帯程度。襞《ひだ》の下に隠れている肉体は、どれほど丸々と膨らんでいようが問題ではなかった。ところが十六世紀あたりから、ウエストを細く締める形の服装が広がってきた。鋼鉄製のコルセットが生まれ、流産や虚弱児出産の原因になるという意見があったにもかかわらず、それは流行となっていった。十七世紀となると、鯨の骨で作った腰枠が現れ、細いウエストに傘のように広がったスカート部分がくっつくという形になった。この底に流れているのは、女性の肉体が本来持っている曲線を崩して、ひとつの型に無理矢理合わせようとする意識である。人の意志や価値観によって、自然の摂理までも支配しようという考え方の誕生であり、この意識の流れは現代まで続いている。同時にこれは、女を妻として家に囲い込む男性意識の増大に歩調を合わせた結果ともいえる。女は家に縛りつけられるもの、男の手によって、ひとつの理想像に作りあげられるもの、そんな考え方が後押ししている。

日本に目を向けても、同様の流れが見られる。中世の絵巻物などを見ると、庶民の女たちは帯でゆったりと小袖《こそで》を縛った姿で現れる。上流社会の女たちは帯は外には見えず、袴《はかま》に何枚もの上衣《うわぎ》を重ね着しているだけ。丸々とした女の肉体を、幾重もの衣類でくるみこんでいる。それが武家社会の確立に従って、帯は表に現れるようになり、幅はどんどん太く、胴回りをぎりぎりと縛りつける形となってくる。従って、全体の形は丸いというより縦長。「柳腰の女」「歩く姿は百合《ゆり》の花」という言い回しからもわかるように、女のほっそりした立ち姿がもてはやされるようになる。

ヨーロッパのようにコルセットや腰枠という小道具までは生まれなかったにしろ、ひとつの形に女の体を合わせようとする意識は同じである。そして、ヨーロッパにしろ日本にしろ、ファッションは、女の自由で活発な動作をはなはだしく阻害する方向に突き進んでいった。

この流れに横槍《よこやり》を入れたのは、ヨーロッパにおいては産業革命以降の近代化だ。列車や汽船を使って人々は活発に動きはじめ、装飾性よりも機能性が重視されるようになると、支度に時間のかかるコルセットや、地面を引きずるような長いスカートはまったくもって厄介な代物《しろもの》となる。二十世紀に入るとスカート丈は短くなり、コルセットは廃《すた》れていく。女の肉体は三百年に及ぶ締めつけから、ようやく解放されるようになったのだ。

このまま進めば、女の丸い肉体への回帰、肉体を締めつけない形の服装の展開へと繋《つな》がっていっただろう。しかし残念ながら、そういう方向に時代は流れなかった。一九一四年、ヨーロッパは第一次世界大戦に突入する。男たちは戦争に出ていき、残された女たちは男たちに変わって、社会に出て働くようになる。当然、服装にも変化が起きる。女が、男に変わって働くことを前提とした服装改革だ。その傾向は、それまであった男の服装を、女の服装に導入するものとなる。

スカート丈はどんどん短くなり、男性服の背広やズボンの形式が取り入れられ、戦争という時代を反映して軍服調のものも流行するようになる。これは一九四五年、第二次世界大戦が終わるまで続き、戦後のファッションの主流を造りあげたと私は思っている。そして、この流れは戦後の日本にも波及し、大きな影響を与えている。

戦後のファッションの方向づけに大きな役割を果たしたのは、ココ・シャネルだ。彼女は第一次、第二次世界大戦を挟んで、男性服を取りいれた服を次々に発表しつづけ、テーラード・スーツを世界に定着させた。女が男の服を着るということを、ファッションにしてしまった人物である。

もっとも、元来丸い女の体に男性服を着せようとする試みは、球を筒に入れようとするものだ。かっこよく見せることは難しい。かといって今さらコルセットに戻って、丸く盛りあがった乳房や尻を締めつけるわけにもいかない。これらの服をかっこよく着こなせるモデルとしては、男そっくりの体型の女が理想的だが、それではあまりに魅力がない。とすれば女の雰囲気を漂わせつつも、男っぽい肉体を持つ者となる。つまり、男の前段階、少年の体型を持つ女だ。

こうして、痩せ形で、乳房も尻も小さい女という、戦後ファッションに合った体型が決定された。この体型を理想像として、ミニスカートやジーンズが登場する。そして今やオフィスではテーラード・スーツ、余暇はジーンズというパターンが、現代女性の模範的装《よそお》いとなった。もちろん、遊び着や普段着として、ミニスカートからロングスカート、女らしい線を強調したドレスまで、さまざまな服装のバリエーションはあるが、「かっこいい」とされるのは球形ではなく、あくまでも縦長ラインである。こうして、ファッションは、ユニセックス時代となった。ユニセックスという言葉で、性差を超えた新しい時代のファッションというイメージを広げようとしている。しかし、これまでの流れを振り返ってみると、その基本にあるものは、男性の肉体の美化、女らしい肉体の否定にすぎない。

こう考えてくると、私は悔しさに歯がみしたくなる。「丸い」は「太い」、「太い」は「醜い」という概念は、女を男の肉体に押し込めようとする動きから生まれたものだ。美醜の問題とは、関係のないものだったのである。なのに私はこの価値観に踊らされ、貴重な青春時代を自分が太っていると思って過ごしてきた。事実は、ただ女っぽい体つきをしているだけだったのだ。女として最も華やかであるはずの二十年近い年月、太っているという劣等感を覚えて過ごしてきた、その精神的ロスは取り返しようもない。

今も日本の、丸い体をした女たちの多くはこのねじれた価値観によって、無意味な劣等感を味わっている。貧血になるほど食事を節制し、スポーツクラブに通い、薬を飲んで痩せようとしている。

無理もない。日本のファッション雑誌、テレビ、映画などに出てくるヒロインの主流は、少年体型の日本人女か、ひょろひょろした欧米人モデルだ。貧弱な肉体にぴったり合う最新流行の服を着ているのだから、彼女たちがかっこよく見えるのは当然である。どんなに痩せても、腰の位置の低い日本の女たちにはなかなか似合わない服だ。手の届かないものは、崇《あが》めたてまつられる存在となる。日本社会は、雑誌のモデルたちを、スーパーモデルとまで神格化して、その容姿だけではなく、生活スタイルまでも崇拝するところまでいっている。

こうして追求される未来社会の理想の女像は何か。それは女という性を消した、男とも女ともつかない、アンドロギュノス的生物である。ショーウインドウに飾られている最近のマネキンを見るといい。顔はなく、しこりのような乳房と申し訳程度の尻をつけたひょろりとした線のような肢体。まるでSF映画に出てくる宇宙人である。結局のところ、現代ファッションが創《つく》りだそうとしているものは、E.T.なのである。

日本人の夢、庭つき一戸建て

夜中の十時頃だった。早寝早起きの私は、すでにベッドに入り、うつらうつらとしていた。そこに突然、家の外から、キキキーッという、車の急ブレーキの音。どんっという鈍い音に続いて、どかぁん、と、何かにぶつかる大きな音が轟《とどろ》き、静寂が訪れた。

とっさに、自動車事故だな、と思った。

私の家は丘の上にある。海側の丘の裾《すそ》に沿って道路が通っている。その一部は大きなカーブとなっていて、視界が悪いにもかかわらず、時速百キロくらいだして飛ばしていく車がちょくちょくいる。音の聞こえてきた方角を考えると、事故はそのカーブのあたりで起きたようだった。

おちおち寝ている気持ちにもなれず、私はベッドから起きだした。暗いのをいいことに、寝間着姿のまま丘から降りていく。丘の登り口にある、私の家の門の向かい側に人だかりがしていた。

車線を越えて、道路の海側の端に止まっている車の前部はめちゃくちゃに壊れている。すでにレッカー車が到着して、後始末をはじめていたが、警察はまだ来ていなかった。

道路を挟んだ向かい側には、コンクリートブロックの塀がある。その向こうの海辺の土地も私の家の敷地で、ブロック塀は数ヶ月前に作ったばかりだ。車は、あの塀にぶつかったのかなと思いながら高みの見物をしていた私は、ややあって、目をこすった。塀を通して、黒々とした夜の海が見えるのだ。まさか、と思った。まさか、塀に穴があいたなんてことはないだろう。半信半疑で、さらに少し近づいた。

やはり海が見える。なんと、作ったばかりのブロック塀のど真ん中に、幅三メートル、高さ一メートル半ほどの穴がすっぽりとあいていたのだった。

事故を起こしたのは、隣の村に住む若い男だった。翌日、朝になると同時にやってきたバレンティーナは、その男は彼女の知り合いで、昨夜、事故現場に真っ先に駆けつけてガレージに連絡したのは、自分と夫のマルセルだと誇らしげに語った。

私はバレンティーナと一緒に、もう一度、事故現場に行ってみた。車は、丘の裾に二度ぶつかり、最後に車線を越えて、ブロック塀にぶちあたって止まったのだ。驚いたことに、運転していた男はぴんぴんしているという。

「あんたの家のある丘の下のこの道はね、前からしょっちゅう事故の起きる場所なのよ。いつだって車はめちゃめちゃになるけど、死んだ人はいないの」

朝とはいえ、強い陽射《ひざ》しの照りつける道路脇《わき》で、バレンティーナは不思議な話を披露してくれた。

私の家のある丘の横に、山に向かって続く谷間がある。かつて、その谷の奥の山に、一人のアイトが住んでいた。アイトとはタヒチ語で「誰よりも強い者」を意味する。一種の英雄である。このアイトは、ちょくちょく谷を通って海辺まで下りてきて、歌ったり踊ったりしてくつろいだものだという。アイトは死んでも、同じ道を通って、山から海にやってくる。ところが、アイトの行く手を遮るように、アスファルトの道路ができた。

「以来、アイトは怒って、車をぷんぷんと弾《はじ》きとばすというわけよ」

バレンティーナは肘《ひじ》を両脇に突きだして振りまわした。ここ数年、アイトの癇癪《かんしゃく》はおさまっていたのだが、数ヶ月前、道路どころか、ブロック塀までできた。それで、この事故が起きたのだという。

いわれてみれば、塀にぽっかりとあいた穴は、谷間からの小道が道路と交差するところにある。アイトにとっては、確かに邪魔っけなものだったろう。

しかし、どういう理由であれ、真新しい塀が壊されたことには変わりない。私は、バレンティーナとジャンクロードについてきてもらって、塀の補償について、事故を起こした男の家を訪ねていった。

隣村にある男の家まで、車で五分ほどの距離だった。紫やピンクの美しい葉の灌木《かんぼく》に囲まれた家の敷地に入り、クラクションを鳴らした。窓は開けっ放しになっていて、揺れるカーテン越しに居間が見える。人はいるようだが、返事はない。クラクションを三回ほど鳴らして、やっと奥から杖《つえ》を頼りに、よろよろと九十歳近い老人が出てきた。白髪がほとんどとはいえ、元は黒髪のようだが、瞳《ひとみ》は青みがかっている。長年のフランス人とポリネシア人の混血の結果だ。

バレンティーナが老人にタヒチ語で愛想よく話しかけると、彼は、孫の自動車事故のことは知っていると、頷《うなず》いた。かといって、塀を壊された被害者の私に対して申し訳ながるわけでもない。背筋をしゃんと伸ばして、テラスの長椅子《ながいす》に座った老人は、たいしたことではないという様子をしていた。

結局、フランス語を話さない老人相手にはらちが明かず、事故を起こした当人は夕方には帰宅するというので、私たちは出直すことにした。老人に別れの挨拶《あいさつ》をして、その家を出てから、ジャンクロードが、「タヒチの人は、家族の体面を気にする。内心は、大変なことになってしまったと思っても、外には表さないものさ、なあ、バレンティーナ」と後部座席のバレンティーナに話しかけた。バレンティーナは、そうね、と相槌《あいづち》を打った。

そんなところは日本人と似てないか、とジャンクロードに聞かれたので、私は、確かにそうだ、と答えた。日本人も身内の恥は極力隠そうとする。もちろん、それは欧米人でも同様だろうが、何事もなかった、という取り繕い方をするのは、日本人的である。何か体裁の悪いことをしでかした時の日本人の、「何もなかったことにしよう」という言い種《ぐさ》は、そのあたりをよく表している。

タヒチ人も、日本人と同様の対応の仕方をすることに、私は興味を覚えた。

バレンティーナを彼女の家の前で降ろしてから、ジャンクロードは話を続けた。

「それに、あの家でクラクションを鳴らしても、なかなか出てこなかっただろう。タヒチ人にとって、招待してもいない者が突然、庭先に現れるのはものすごいショックなんだ。彼らにとって、家の敷地内は特別なもので、外の者が入ってくることは異常事態なのさ。バレンティーナが、きみの家に来る時、家の前で、マサーコォ、マサーコォ、と呼びかけるだろ。あれは、あなたの敷地に入りますよ、いいですか、という許可を求める行為なんだよ」

なるほど、と思った。彼に指摘されるまで、まったく気がつかなかった。それは日本人である私には、あまりに馴《な》れ親しんできた習慣でもあったからだ。

小さな頃、近所のおばさんたちが家に訪ねてくると「ごめんよーっ、誰かおるかえーっ」と庭先で問うたものだ。考えてみると、それは、バレンティーナの「マサーコォ、マサーコォ」という言葉と、同じ響きを持つものだった。やはり、私はあなたの家の敷地内に入っていますよ、と伝える声だ。日本人にとっても、誰かの家を訪れることは、まずそうして許可を得てから敷地に入ることを意味する。敷地の外から家の中まで声が聞こえない場合、庭に入らざるをえないが、それでも最小限度の踏み込み方だ。だから私自身、何も考えることなく、バレンティーナの家に行くと、家に声が届くだけの距離に近づいて、彼女の名を呼ぶ。彼女が出てきてはじめて、敷地を心安らかに歩くことができる。

フランス人は、そんな段階は踏まない。とても気軽に敷地内に足を踏みいれ、家の中に顔を突っこんで、「ボンジュール」と声をかける。イタリアに住んでいた時も、アパートの呼び鈴が鳴るので出ていくと、突然訪れた知り合いが、「チャオ、入ってもいいかしら」と気軽に聞いて、拒絶されることなどこれっぽっちも考えてない態度で、勢いよく家に踏みこんできたものだった。

欧米人にとって、家の大半は公共の場である。庭はもちろん、玄関や居間、台所まで、誰にでも公開されている。ホームパーティという概念が生まれうるのも、ここに根ざしている。彼らにとって、本当の意味での私的空間は、自分の部屋である。欧米人の家で、各部屋に鍵《かぎ》がかかる形式になっているのに常々違和感を覚えていたが、この精神構造に気がついて、はじめて納得できた。

一方、日本人にとっては、家の中はすべて私的空間だ。だから、屋内の部屋の造りは、薄っぺらな障子や襖《ふすま》で事足りる。欧米の家を基本にした視点から、従来、障子や襖などで仕切られた日本家屋にはプライバシーがないと非難されていたが、家そのものがプライバシーなのだ。

タヒチ人にとっても同様である。彼らの家は、今やヨーロッパ風の造りとなっているが、その住まい方といえば、玄関も寝室の戸も、すべての窓も開け放ち、家全体をひとつの部屋のようにして使っている。日本の昔ながらの住まい方と大差はない。

日本人やタヒチ人にとって、家の中に公共の場は存在しない。公共の場として外部の人に提供されてきた場は、庭である。かつて日本では、近所の人が訪ねてきた時、庭先で応対するのが普通だった。用件が長引く場合は、庭と家との接点である縁側に座って話した。遠方から訪れた友人知人に対してや、重要な話があるという特別の場合は、屋内の客室に招きいれたが、茶の間や台所は、外部の人を入れるべき場所ではなかった。家の台所事情に通じるほど親しい者だけが、その私的空間まで入りこめたのである。

タヒチにおいても、ほとんどの家に、庭で客を応対するためのテラス形式の場がある。客は、その半戸外空間の椅子に座り、お喋《しゃべ》りしたり、食事を饗《きょう》されたりする。よほど親しくない限り、家の中に招きいれられて話すことはない。

現在の日本の都市生活では、ほとんどの人がマンションやアパート暮らしを余儀なくされている。アパートやマンションといった集合住宅の形式は、欧米から導入されたものだ。しかし、欧米の集合住宅では、彼らの精神構造に合わせて、屋内の公共空間、つまり、玄関ホールや居間の空間をたっぷりと取っているのに比べ、日本のそれは、玄関や居間と名付けただけの申し訳程度の狭い空間設計しかなされていない。公共空間と私的空間の中間に位置する客間を設ける余裕はないし、ましてや日本人にとっての公共空間である庭があるわけではない。つまり、日本の集合住宅には、公共空間が欠如しているのだ。

さらに、日本人は、大地に近いところにいると安心する民族だ。畳に寝転がると落ち着くというのも、友達と応接セットで話していても、最終的にはカーペットの上に座りこんでしまうのも、都市のあちこちで若者たちが地面にしゃがみこんでしまうのも、私たちは、結局のところ、地面と同レベルにいることで安心する者たちなのだと思う。

片や、欧米人は、家の中でも靴を履き、何層にも及ぶ集合住宅を考案したほどに、大地との接点がなくて平気な者たちだ。その彼らが創《つく》りだした建築空間が、今や日本の全土を覆《おお》っている。学校も、会社の建物も、集合住宅も、すべて欧米から来たデザイン意識に基づいて作られている。

欧米人から、日本人は、つきあい下手だとか、社交性に欠けるとかいわれてきたが、実は、彼らの空間では、私たちが落ち着かないからではないだろうか。

こう見てくると、欧米から移入された空間で暮らしている現代日本人が、なんとなく安心できない気分を抱えていても不思議ではない。

まず、家に外の人を迎えいれる空間がないという状態は、心理的にも影響してくるはずだ。問題は、生活の場だけではなく、人間関係全般に対する関わり方にまで広がってくる。他者に対して、どのように対応していいかわからなくなっている都会人が増えているのではないだろうか。

さらに、庭がない家は、大地との接点が薄い。高層住宅に住む日本の子供たちが情緒不安定になる傾向にあるという話を聞いたことがある。登校拒否、対人恐怖症の子供が増えているという現状を、日本人にとっての家、という角度からも見てみる必要があるだろう。

日本人の夢は、小さくても庭つき一戸建てを持つことだといわれる。猫の額のように狭い庭であれ、マンションよりは一戸建てを希望する。庭があり、大地に近いということが、自分たちにとっていかに大切か、日本人は本能的に悟っているのではないだろうか。

女の家、男の家

　このところ二ヶ月以上も雨の降らない日々が続いていた。先日、二日ほど曇天が続いて、雨が降ったが、またもや日照りに戻ってしまった。庭の木々の葉は黄色くなって落ちはじめ、せっかく挿し木して根づいていた二本のガーディニアも枯れてしまった。

　幸い、タヒチでは水道代はただだから、朝から夕方まで水道を出しっぱなしにして、庭木に水をやっている。

　乱暴にブルドーザーで切り崩されたせいで植生が変化し、タヒチに住みはじめた当初は棘《とげ》だらけの巨大なおじぎ草に覆《おお》われていた敷地も、なんとか庭らしい体裁を整えてきている。ここまで持ち直してきた庭を崩してはなるものかという気になっている。

　亜熱帯の庭は、日本庭園のイメージとは違っている。タヒチでの庭いじりは、その棘で人の侵入を阻《はば》む巨大おじぎ草や大小さまざまの蔓《つる》との戦いだ。ふと気を抜くと、蔓がハイビスカスやアボカド、椰子《やし》の木などを覆いつくしている。放っておくと、せっかく育てている木の枝葉は捻《ねじ》れ、枯れてしまうので、定期的に蔓を切ってやらないといけない。日本では観葉植物としてもてはやされているポトスが、ここでは大敵だ。地面を覆いつくし、木の幹に這《は》いあがり、やがて茎は人の腕ほどの太さになって養分を吸いとっていく。さらに日本名は知らないが、タヒチではアヴェモア（鶏の脚）という植物があって、その名の如《ごと》く、鶏の脚の形に五枚に広がった葉を茂らせ、ものすごい速さで伸びる。最初は小指の先ほどの太さなのに、半年も放っておくと、直径十センチほどになり、一年もたてば立派な木に成長する。切っても切っても根分かれして広がっていき、土地をアヴェモアの森としてしまう。これらの蔓草や木を長刀で伐《き》っていくのだが、けっこうな労働だ。

日本で庭仕事というと、植木ごてを手にして庭の片隅にしゃがみこんで草花の手入れをするというイメージだが、ここではそんな悠長なものではない。タヒチにおける庭仕事とは、草むらにはいずりこみ、地面や木の幹から巨大ポトスを引っぱりはがし、蔓を切ってまわり、汗まみれになって手の皮が破れるほどに長刀を振るい、伐った木を乾かし、焼くことまでを意味する。こうして全身を動かして庭仕事をしていると、自分の家を創《つく》りあげているのだ、という実感が湧《わ》いてくる。

女三界《さんがい》に家なし、という言葉がある。忌々《いまいま》しい文句なので、三界とは具体的に何か知らないできたが、今、手持ちの辞書で調べてみると、三界とは仏教用語で、欲界、色界《しきかい》、無色界を示し、要するに全世界のことだという。辞書には続いて、女は三従といって、幼い時には親に従い、嫁に行っては夫に従い、老いては子に従わなくてはならないとされるから、一生の間、世界のどこにも安住の地はないとされている、と書かれている。

この言葉が示しているのは、家とは男のものである、ということだ。仏教は、ろくでもない意識を日本社会に植えつけてくれたものである。

先日、定期的に庭の芝刈りをしてくれているエリックと話していたら、彼はタヒチの女と家の関係について、こんなことを教えてくれた。

「ここでは、家は女のものだよ。女は家にいて、男を見つけて子を産む。そしたら、男は働かないといけない。女はその給料をしっかりと握りしめて、すべて自分と家のために使うんだ」

つまり、タヒチでは、家は女に属している。この島では母系制社会がまだ色濃く残っていて、娘は母親の家に住みつづける。多くの家族は広大な敷地を所有しているから、自分の家が欲しいなら、その敷地の一部を分けてもらって建てることができる。女が男を見つけて、子供を産むと、男は女の家に住むことになる。そして男は子供という頸木《くびき》によって、女の家に縛りつけられる。これは結婚してもしなくても変わりはない。子供という存在が、男を捉《とら》える実際的手段となる。そして、男が収入を家のこと、つまり女と子供の食費や衣料費、生活費のために差しだすことは当然のこととなる。女は、男の収入をあてにして、天下太平に暮らしていられる。

もちろん、その代わり、女は立派に家事をこなす。散歩していると、道端の家で、女が庭の枯れ葉を一枚一枚、手で拾っている姿を見たりする。どの家の庭も、枯れ葉ひとつ落ちてない見事さだ。私にはとうていできないことだが、彼女たちは毎日、庭を掃いて、落ち葉を焼いている。家の中の掃除はいわずもがなだ。

男が外で働いて金を稼ぎ、女が家をきれいに整え、子供の面倒を見る。この役割分担を見る限り、日本の伝統的な夫婦形態と変わりないように見える。しかし、大きな違いは、その家は、男のものではなく、女のものである、という点だ。

「だから女に子供ができると、男はお終《しま》いさ。女の家に縛りつけられることになる」

エリックはフランス人で、かつてタヒチ人女性と結婚し、彼女の家で暮らしていた過去がある。離婚後は二度とその轍《てつ》を踏むまいと、幾人かいるらしい恋人の誰かに子供ができるのを怖《おそ》れている。

「じゃあ男が自分の土地に、自分のお金で家を建てて、女をそこに住まわすことにしたらどうなるの」

私はエリックに聞いてみた。

「僕の友人で、そうした男がいる。彼は、今じゃ子供が二人いて、家のローンを払って、家族を養って大変な目にあっているよ」

「でも、彼にとって、その家は彼の家じゃないの」

エリックは顔をしかめた。

「ちょっと疑わしいな。いってみれば括弧付きで〝男の家〟さ」

「彼が、彼女に怒って、俺の家から出ていけ、ということはできないの」

エリックは笑ってかぶりを振った。

「彼女は他に男を作って、私の家から出ていけ、といえるけどね」

家は女のものである、という過去からの慣習が強くて、いかに法的に家が男の資産であれ、それを覆《くつがえ》すことはできないのだ。

前近代社会では、土地は最初に開墾し、住みついた者のものだった。数年前、イタリアの列車で会った黒人の男は、アフリカ象牙《ぞうげ》海岸にある小さな国から出稼ぎに来ていた。列車の旅の雑談で、その男は、自分の国では、今も土地はそこに住みついた者の所有となると語ったものだ。早い者勝ちというなら、できる限り広大な土地を柵《さく》で囲って、自分のものだと宣言したらいいのかと私が聞いたら、そういうものでもないという。住むには、その土地の隅々まで目を配る力がないといけない。つまり、家族の人数、財力によって、おのずと自分で管理できる規模は限られてくるのだ。

現在は、かなりの自治権の認められたフランスの海外領土となっているタヒチだが、そんな前近代的土地意識が人々の中に強く残っている。私がジャンクロードと手に入れた海辺の土地は、何年にも亘《わた》って、地元の若者たちの憩《いこ》いの場として使われていた。だから、その土地をどうするか決めるまでは、今まで通り、地元の若者たちに使ってもらおうと、柵囲いもせずに放っておいた。私は時々、そこに掃除に行くだけだったから、若者たちは相変わらずその土地でバレーボールをしたり、音楽を聴いて踊ったりしていた。ところがしばらくして、彼らは、私に挨拶《あいさつ》をするどころか、まるで掃除人であるかのように無視することに気がついた。その傍若無人ぶりに業《ごう》を煮やして、ついに柵で囲うことにした。すると若者たちは柵の外から、「書類はあるのか」と叫んだものである。その時まで、彼らはその土地が私たちの所有になったと信じてはおらず、意識の中では、その土地を使っている以上、自分たちのものだったのだ。この精神土壌を背景として、家の法的所有者が誰であろうと、そこに住みついた限り、家は女のものとなる、という論理が成立する。

しかし、男もまた、女同様、家に住んでいるはずだ。なぜ家は男のものにならないのか。

私は、男は、家に住みつくものではないからだと思う。

家とは、もともと、外部世界の脅威から身を守るための場所として作られたものだ。家の存在理由の第一は、安全性の確保である。これを切実に必要とするのは、男よりも女だ。

女は、夜、外で寝ていては、強姦《ごうかん》されるかもしれないし、子供ができれば、子供に食を与え、安心して寝かせる空間が必要となる。要するに巣が必要なのだ。巣はできるだけ居心地がいいほうがいい。だから、家を掃除し、美しく飾りたてる。

男は家をねぐらとして利用するだけだ。家は女ほど重要な位置を占めない。住みつく、という行為において、より強く行動するのは女なのである。だから、タヒチにおいては、家は女のものとなる。

母系制社会が機能していた時代、日本においても、家は女のものだった。しかし、母系制社会から父系制社会に移行すると共に、家は男のものとなってしまった。男は家を巣とみなさない。自分の権力の象徴とみなす。日本においては、こうして女は家を失い、同時に男の権力下に置かれる存在に転落してしまった。

今、日本において、女三界に家なし、という男がいたら、女たちから総すかんを喰らうだろう。しかし、家は女のものか、と尋ねたら、たいていの男は、そんなことはない、と反発するだろうし、女は居心地の悪い気分を味わうだろう。夫婦喧嘩《げんか》の時、いったいどれくらいの妻が「私の家から出ていけ」と怒鳴ることができるだろうか。

日本において、家はまだ男のものなのである。

現代人カップルの理想的な家のあり方は、家とは、そこに暮らす男女両方のもの、という考え方だろう。しかし、こんな家は成立しうるだろうか。

女にとっては、家は自分の巣だ。男にとっては、家は自己の領土だ。女と男にとって家の概念は、本質的なところで異なっている。

そこで、ひとつ家に、恋愛関係もしくは肉体関係にある一組の男女が共同で住む場合、家の掌握権の奪い合いとなる。女が家を掌握すれば、タヒチの女に見られるように、男は彼女の巣に属し、家に金を運ぶ働き蟻《あり》的存在となる。または日本の現代家庭のように、夫は粗大ごみ視され、居場所を失ってしまう。男が家を掌握すれば、女は男の権力下に置かれ、奴隷《どれい》的存在になる。

ひとつの家における男女の掌握権争いは、どちらに転んでも、いい結果にはならない。私とジャンクロードはかなりの時間を共有する間柄だが、お互いに別の家に暮らしている。彼には彼の事情があるが、少なくとも私にとっては、個人としての独立性を保つためには、自分の家を持っていることが必要だからだ。さらに、前述したように、日本人である私にとって、家の中はすべてプライベートだ。家の中に、他者という意識は存在しない。そこに住みつくものは、私の付属物となり、独立性を失ってしまう。もしくは、私が家に住みついた男の付属物となり、独立性を失ってしまう。

お互いをそれぞれ自分に属する存在とみなす日本式カップルにとってみれば、それは問題ないかもしれない。しかし個人意識の強いフランス人の彼にとっては我慢のならない状況だ。また私は作家であるから、他者の影響のない、個人空間が必要である。そういう意識で納得して、この形態を取っているが、日本の家族形態の枠組みの中で育った私にとっては、深いところでは受け入れがたいものがあった。ついつい「ひとつ屋根の下で暮らす」という日本的な幸福概念に捉えられてしまうのだ。男女がひとつ屋根の下に暮らすことが、先述したような問題を惹《ひ》き起こすとわかっていても、である。知的レベルで納得しても、深層心理レベルで、自己の中に確立された日本社会の論理、道徳観から完全に解き放たれるのは難しいものだ。

それでも、自分の手で庭を手入れし、家を整えていくうちに、私の中で、「私の家」という意識と愛着感が強くなりつつある。それはあくまでも、女の家、であって、男の家ではないのだ。

夜の闖入者《ちんにゅうしゃ》

文章を書く仕事は、たいてい午後四時くらいに終える。その後は、庭仕事の時間にあてている。長刀を振るい、雑草を引き抜き、植物に水をやり、ひと汗かいてから、シャワーを浴び、夕食前にビールか自家製カクテルを飲む。これが私の大好きな時間だ。

その日もこんな調子で終わり、陽も暮れてから、居間で寝転がって酒を飲み、本を読んでいた。

からん。小さな音がして、タイル敷きの床に小石が転がった。居間に続く台所の勝手口を開けっ放しにしていたのだが、そこから入ってきたらしい。しかし、庭には誰もいないはずだ。

かといって小石が勝手に家に飛びこんでくるはずはない。不審に思って、私は外に出ていった。最近、家に居着くようになった猫のハズバンド（彼の名前である）が庭にいて、にゃあ、と鳴いて近づいてきた。猫が後ろ足で、地面の小石を蹴飛《けと》ばしたのだろうか。だが、それもちょっと変だ。

私はあたりを見回した。星明かりに、庭はうっすらと照らしだされている。家の周囲に目を遣《や》った私は、五メートルほど離れたところの書斎の壁際《かべぎわ》に立つ不審な人影に気がついた。

「ここで、なにしてるのよっ」

とっさに英語で叫ぶと、闖入者はついと家を回りこんで消えた。白っぽいズボンを穿《は》いた男だった。私は急いで家に入ると、台所の戸に鍵《かぎ》をかけた。

前々から、ジャンクロードにいわれていた。タヒチの男たちは夜になると出歩く。夜歩く者たち、というタヒチ語の名詞があるほど、日常茶飯事だ。彼らは、ただ歩くのを楽しむ場合もあるし、盗みをする場合もあるし、夜這《よば》いをする場合もある。だから、庭の暗がりに突然、誰か現れても、驚いてはいけない。そんな時は家の電気を消して、こっそり家から忍びでて、相手の横に立って誰何《すいか》してやればいい。相手は肝を潰《つぶ》して逃げていくだろう、と。

私は早速、家中の電気を消した。外を見ると、男は家の周囲を巡っている。家に入ろうと、入口を探しているようだ。

ここでこっそり忍びでて、と思っていたが、家の戸はどれも錆《さ》びついていて、開けると音をたてることに気がついた。おまけに相手はすでに私が一人であることを知って、家の周囲を巡っている。今さら私が忍びでていっても肝を潰すことはないだろう。相手を不意打ちして驚かすというチャンスはすでに逸していた。

私は暗闇《くらやみ》に潜んで、どうしたらいいか考えた。数ヶ月前、タヒチで起きた、マジックマッシュルームを食べて他人の家に闖入し、そこの女性を乱打した男の話が頭を過《よ》ぎる。

何かあったら、いつでも電話して、といって、携帯電話の番号を教えてくれたバレンティーナのことを思い出して、私は電話のある書斎に向かった。書斎の窓にかけてあるのは、木製の簾《すだれ》だ。ずいぶん前から、夜になると簾越しに部屋の中がよく見えることに気がついていた。おまけに書斎の嵌《は》め殺しの大きな窓は、未《いま》だカーテンをつけてない。家のすべての窓にカーテンをつけろと、ジャンクロードからさんざんいわれていたにもかかわらず、ほったらかしにしていた私の怠惰を悔やんだが後の祭りだ。

電気を消したまま書斎の窓を見ると、その嵌め殺しの窓にへばりついて、中を覗《のぞ》きこんでいる男の姿が浮かびあがっていた。

まったくもって、アメリカのホラー映画さながらだ。私は脅《おび》えてしまった。

男がその窓から離れるのを待って、暗闇でバレンティーナの電話番号を書いたメモを探す。書斎の電気をつけて、素早く電話番号を押し、また電気を消す。私はデスクの下に隠れて、呼び出し音を聞いていた。

なんということか、夜間で、バレンティーナは携帯電話の電源を切っている。そして、彼女の家には、電話はないのだ。警察に電話しても、片言のフランス語でこの家の場所を説明しなくてはならない。手っ取り早いのは、直接、彼女の家に助けを求めにいくことだ。

私は闖入者の動向を窺《うかが》った。男が近くにいる時に、戸口から抜けだして捕まったらやぶ蛇だ。しかし、暗い中で、男がどこにいるのか見つけるのはなかなか難しい。

やがて男は台所のガラス戸に手をかけて、がたがたと揺すぶりだした。私は台所の戸とは反対側の居間の戸を開き、裸足《はだし》で外に走りでた。星明かりに白っぽく照らされた丘の道を一気に駆けおり、バレンティーナの家まで走っていった。

幸い、バレンティーナは家にいた。玄関のガラス戸を叩《たた》くと、子供たちと一緒にテレビを見ていたバレンティーナとマルセルが出てきた。

「変な男が家のまわりをうろついてるの。一緒に来てくれないかしら」というと、バレンティーナは、家の奥から棍棒《こんぼう》を持ちだし、筋骨隆々とした夫のマルセルと二人で、私についてきてくれた。

私は、男は白っぽい服を着ていて、一人らしい、その男は小石を家の中に投げたのだと説明しながら、家に向かった。家のある丘の下にある門の前に着いた時、丘に接した自動車道の先に白っぽい人影が見えた。

私が逃げたことを知って、男は家から離れたかもしれない。もしくは、あの男の仲間という可能性もある。私がそういうと、バレンティーナとマルセルは、門を離れて、道路に沿って歩きだした。

道路と、私の家のある丘の間にフェンスはない。急斜面と茂みが続いているだけだ。敷地内に入ろうとするなら、自動車道から斜面を這いあがるという手がある。

私たちはゆっくりと白い影に近づいていった。二十メートルほど歩いて、それは道路の海側に面した家の入口に設けられた白い柵《さく》だと気がついた。

幽霊の正体見たり枯尾花、である。

「ごめんなさい、間違ってたわ」と、私がいったが、バレンティーナは棒を手にしたまま、一人でずんずん道路に沿って歩いていき、いつも若者たちが集まっている海辺の木の下や茂みを点検した。私とマルセルは、バレンティーナを待っていた。バレンティーナが戻ってくると、私たちは丘の下の家の門のところに引き返した。マルセルが、道路沿いで闖入者を待つことにして、バレンティーナと私が家に戻って、男を探すことになった。私たちは門を通って、家の敷地に入った。

「マサコ」と、バレンティーナが囁《ささや》いた。振り向くと、彼女は石作りの門の外側に引き返して、私に戻れと合図している。

門のところに行くと、バレンティーナは棍棒を股《また》の間に挟んで、解《ほど》いていた髪をくるくるとまとめあげた。なんだか戦闘前の戦士のようである。

タヒチの女性は、緊張すると髪を結い、リラックスするとそれを解く、と聞いたことがあった。これだな、と思っていると、準備を整えたバレンティーナは棒を手に持ち直し、行こう、という風に合図した。

門を入ったところに、高さ二メートル、幅三メートルほどの灌木《かんぼく》の大きな茂みがある。バレンティーナはそこに近づいていくと、茂みを棒で叩いて、タヒチ語で何か叫んだ。それから少し下がって、「マルセルッ、マルセルッ」と道路にいる夫を呼んだ。

マルセルがやってきて、茂みの中をかきわけた。闖入者はここに隠れていたのか、と私は緊張した。

中にあったのは、自転車だった。闖入者の自転車に違いない。バレンティーナと私が自転車を見張っていることにして、マルセルが一人で家に続く道を登っていった。マルセルがいなくなると、バレンティーナは早速、自転車を点検しはじめた。前の籠《かご》に入っていたデイパックを開いて、中のものを取り出す。赤いTシャツと、カメラ一台、小さなアーミーナイフが入っていた。それをもとのところにしまい、地面に放りだした自転車を見ていると、マルセルが男と二人で坂道を降りてきた。

丸刈りの二十歳くらいの背の高い若者だった。なんと、裸足に、白いパンツ一枚だけのほとんど真っ裸だ。若者は馴《な》れ馴《な》れしくマルセルの肩に手をかけて、どうやら、「なに、ちょっと寝ようとしていただけだよ」と繰り返しているようだ。

私とバレンティーナが若者の前に立った。バレンティーナはタヒチ語とフランス語を両方使って、若者に喰ってかかった。

「寝ようとしてただけなら、なんで彼女に小石を投げたの、ええっ」と怒鳴っているのだけがわかった。

フランス語がうまく使えない私は、ただ相手を睨《にら》みつけているだけだ。若者は、えへらえへらと「寝ていただけだよ」と言い訳している。

家の戸を開けっ放しにしているのが心配だった私は、若者の見張りをマルセルに任せて、バレンティーナと一緒に家を点検しに戻ることにした。

家の中をくまなく調べて、男が何も盗んでないこと、他に誰もいないことを確かめて、私とバレンティーナは、マルセルの許《もと》に引き返すことにした。

坂道を下っていくと、月明かりの道を若者が自転車に乗って遠ざかっていくところだった。

「マルセルッ、なんであいつを逃がしたのよっ」

茂みの横に、ぬっと立っているマルセルに、バレンティーナが聞いた。マルセルが何かもぞもぞと答えている。バレンティーナは目に怒りの炎を燃やして、マルセルを責めたてはじめた。

「昨日、一晩中、私はマルセルに怒り狂っていたのよ」

翌朝、家を訪ねてきたバレンティーナは、私に打ち明けた。

「いったい、あれはどういうことだったの」

海を見下ろす庭の一角に座って、私はバレンティーナに聞いた。そこで自家製レモネードを飲みながら煙草《たばこ》を吸うのが、私たちの習慣だ。

「マルセルがいうには、あの男は震えるくらい怖がっていた。もう二度と戻ってはこないし、彼の顔はきっちりと確認した。パパラに住んでいるということも聞き出した。だから大丈夫だっていうのよ」

夜間の闖入者が、正直に自分の住んでいる村の名前をいうはずはない。警察に突きだすべきなのに、見逃したのは、タヒチ人同士の庇《かば》いあいかもしれないと私は思った。

「あの男の顔写真を撮っておけばよかった。残念だわ」と私がいうと、バレンティーナは頷《うなず》いた。

「そうよ、ちゃんと名前と住所を確認して、警察に突きだすべきだったのよ」

私が、ゆうべのあんたは、夫のマルセルより勇敢だったわ、と褒めると、バレンティーナは複雑な表情をした。

マルセルが若者を逃がしている間、バレンティーナは棍棒を手にして、家の中をくまなく点検し、さらに物置の陰で、若者の脱ぎ棄《す》てたズボンとスポーツ靴も発見した。

若者は、私が逃げだした後で、居間の戸が開かれていることに気がついたのだろう。女が一人で暮らしていて、夜、家の戸を開けていれば、夜這いしてくれといっているようなものだ。私が家中の電気を消したことも、そう確信させる一因となったことだろう。

それで若者は服を脱ぎ棄てて、パンツだけとなり、家に忍びこんだ。チベット付近の母系制社会の仕組みの残っている村では、夜這いに行く男は、衣類を目的の家の外に置いて忍びこむという。他の男とはちあわせしないようにするためらしい。昨夜の男は、その夜這いの習慣通りの行動をしたわけだ。

男は暗い家の中で、私を探した。きっと、ベッドで私が裸になって待っていると思っていたのだ。しかし、いくら探しても私はいない。家の外に出たところで、道を登ってきたマルセルに気がついた。マルセルは、家から出てきて逃げだした男を追いかけ、つかまえたという。

「あの若者の行動は、タヒチでいう、夜這い《モトロ》だったのかしら」

レモネードを飲みながら、私はバレンティーナに聞いた。彼女は考えるように顔をしかめた。

「日本だって、昔は夜這いがあったのよ。だけど、その場合、女の側が相手の男に何かしら合図するのが普通だって本で読んだけど、ここは違うのかしら」

ここでも同じだ、と彼女は答えた。納得がいかなくて、拙《つたな》いフランス語でさらにい募ろうとする私を遮り、バレンティーナはかぶりを振った。

「こんなの、夜這いじゃないわ。私、この土地にずっと住んでるけど、こんなこと、初めてよ。許せないわ」
まるで、この谷間の住民の恥だといわんばかりだった。

夜這《よば》いの論理

家の敷地内で、パンツ一丁の若者に遭遇したのは、これで二度目だ。最初の時は、なんと部屋の中だった。

暑い日曜日の午後、食事を終えて、私は書斎のベッドでうとうとと眠っていた。なんだか太腿《ふともも》のあたりがむずむずすると思ったが、小さな蠅《はえ》がよくいるので、それだろうと思った。私はとにかく眠気に襲われていた。

しかし、二度ほど煩《うるさ》いなと思って、しばらくして、ふと目が覚めた。まだ朦朧《もうろう》とした頭で、ふとベッドの裾《すそ》を見ると、床に若い男がパンツ一丁で座りこんでいるではないか。しかも、そのパンツからはみ出した屹立《きつりつ》したペニスを握りしめている。

私はがばっと起きて、「なにしてるのよっ」といった。

若者は、むっとした顔をして、居間に行くと、そこに脱ぎすててあった衣類をひっつかみ、家から出ていった。

若者の姿が庭先から消えたことを確かめ、まだ夢を見ているような気分で書斎に戻ってみると、置きみやげがあった。若者が座っていた床の上に透明な液体の溜《た》まりができている。屹立したペニスを出していたのだから、容易に何か想像できた。若者の残した精液を雑巾《ぞうきん》で拭《ふ》きとりながら、私は屈辱感を覚えた。

いったい、なぜ私が男の精液の後始末をしなくてはならないのか。

膣《ちつ》を使うにしろ、口を使うにしろ、布巾を使うにしろ、男性優位社会における女は、男の精液を始末する存在であり続けてきた。精液のついた雑巾をゴミ箱に棄《す》てても、私の不快感は去りはしなかった。

その時は、似顔絵を作り、バレンティーナに見せ、彼女が考えた容疑者の家をまわり、そっと顔を確かめたが、あの若者を見つけることはできなかった。

玄関の戸も窓も開けっ放しにして寝ていたら、男と寝たい、といっているようなものなのだといわれたこともあり、私は、一種の椿事《ちんじ》として、受け止めることにした。

こんなことがあって二ヶ月ほど過ぎての夜這い未遂事件である。二度も類似の事件が起きては、私も真剣に事に対処する気持ちになった。

聞いた話を総合すると、私の行った以下のような行動が、セックスを求めていると見なされたらしい。

夕方、一人で海岸沿いの道路を散歩した。歩いて五分ほどの雑貨屋に、一人で買物に行った。通りすがりの見知らぬ若者に、挨拶《あいさつ》を返した。窓にカーテンをつけなかった。そして、肝心要《かなめ》の点、一人暮らしである。

タヒチにおいて、セックスを欲しない場合、私の取るべき態度は、まず家族と一緒に暮らし、散歩や買物は、夫か家族の一員、または女友達と連れだって出かけ、決して道路沿いに一人きりの姿を晒《さら》さない、ということになる。女一人で自転車を漕《こ》いで、谷間をサイクリングなんてことをすれば（実は私はそれをしたくてたまらなかったのだが）、襲ってくれと盛大に意思表示していることになるそうだ。

これもパペエテ市内やその近郊であれば、話は違う。フランス都市文化の影響が強いから、女の一人歩きがセックスを求めての行動だと間違われることはまずない。だから、一人暮らしの女性も、市街地に集まっているのが現状だ。

ところが、同じタヒチ島でも、私の住んでいるところのような村になると、いまだ女性は前近代的意識で捉《とら》えられている。女は常に家族の一員であり、家族もしくは友人の同伴がない限り、単独での行動は認められない。女の一人歩きは尋常ではない。

その尋常でないことをするのには理由がある、セックスを求めてのこと以外には考えられない、とみなされる。

私の家を訪れた若者たちは、私がセックスを求めていると信じた。だから、私の許《もと》にやって来たというわけだ。だが、私には二人の若者のどちらにも見覚えはない。よしんば私が性的に欲求不満であったとしても、彼らに対して意思表示したわけではない。なのに彼らは勝手に私の行動を夜這いの合図と受けとった。女の側の相手を選ぶ権利は無視されている。これはおかしい。

夜這いとは、男女双方に暗黙の了解があってこそ成立する、性交への平和的手段である。今回の事件は、夜這いと強姦《ごうかん》のどっちつかずの位置にある。

夜這い未遂をした若者の心理を考えてみよう。彼は、いくらこの付近の村に住んでいるといっても、やはり家にはテレビもあるし、車もひんぱんに使っている。現代社会の影響は受けている。すでに伝統的な夜這いが失われつつある認識はあるはずだ。しかも、外国人の女が、タヒチ式夜這いに通暁《つうぎょう》していると考えるほど、おめでたくもないだろう。

しかし、彼は、私の行動を、セックスに対する欲求不満と認識した。外国人であれ、私はタヒチに住んでいる。私の行動を、タヒチ的ボディランゲージとして捉えたのも、不思議ではない。しかし、本来の夜這いの基本条件であるはずの、女性側の意思というものを無視した。ここにおいて、彼の行動は強姦に関わってくる。

あの若者は、欲求不満女=誰と寝てもいい女、と解釈したのだ。しかし彼には強姦という手段に踏みこむほどの積極的な意識はなかった。

あそこに、誰とでも寝てくれそうな女がいる。自分が訪ねていけば、万事うまくいくだろう、と簡単に考えたことだろう。

そこで彼は、伝統的な夜這いの手法で行動した。見知らぬ女の家を、セックス目当てで訪ねていく時、他にどのような手段を取っていいか知らなかったのである。近づきになって、話をして、相手の意向を確かめてから、事に及ぶなどという行動は、近代社会の生みだしたものだ。近代社会において、この行動ができない者が、強姦という行為に及ぶこととなる。

もし、私がついふらふらと欲情して、あの若者とセックスしていたらどうなっただろう。若者は、近所の若者たちに、あそこに、誰と寝てもいい女がいる、といいふらし、私の家は夜這い男のサロンと化してしまっただろう。

実際、島の村落で一人暮らしをはじめたフランス人女性が、そのような事態に陥り、ひきもきらないタヒチの若者たちの訪れにゆっくり生活もできなくなり、故国に戻ったという話も聞いた。

夜這いという文化を共有できない相手に対して現れる、男のこのような態度が示すものは、女はペニスを基本的にありがたがるものだという、男根至上主義だ。彼らは、欲求不満の女にとっては、ペニスはどんなペニスでも大事なはずだと考える。女にはペニスを選ぶことがあるという事実を無視している。彼らの意識の中には、子宮よりもペニスが上位に置かれる。ここから強姦者の論理が生まれてくる。お上の論理とでもいうのだろうか。これを下してやる、ありがたく思え、というものである。ペニスは水戸黄門《みと》の印籠《いんろう》であり、助さん、格さんが引き抜く日本刀である（テレビドラマ『水戸黄門』が日本社会において根強い人気を保ってきた事実は、この論理がいかに日本人の意識に強く根づいているかの証拠でもある）。

以前、五人の若者が、鎌倉の海の家で知り合った少女を輪姦した事件に関する記事を読んだ。彼らも、タヒチの若者たちと同様の男根至上主義を信奉している者たちである。

戦後、日本の女は強くなり、男は弱くなったといわれる。最近の日本の青年たちを見ると、柔和な物腰で、おもしろおかしい話をしては女の子たちを楽しませ、男女間に、とても気楽な友達づきあいが生じている錯覚を起こさせる。

しかし、彼らのにやけた顔の裏側には、今もしっかり、この男根至上主義が隠されている。変貌《へんぼう》したはずの若者たちにしてこうだから、年輩の男たちはいわずもがなである。

根源にあるのは、不能への恐怖だと思う。自分のペニスがいつ不能に陥るかわからないという恐怖が、男性を、男根至上主義に駆り立てる。やたら威張りたがる者ほど、実は自分に自信を持てていないのと同様の心理だ。強姦とは、不能に怯《おび》える男の行為。男根を振りかざす男は、つまるところ、自分の男根の活力に自信のない男ということだろう。

二度目の夜這い未遂事件の翌日、バレンティーナは朝だけでなく、午後も私の家を訪ねてきた。午後に来た時は、彼女の友人、フランス人のクリスティーナを連れていた。

私はクリスティーナとは、時々バレンティーナの家で顔を合わせていたし、一度目の夜這いというか、昼這い未遂事件が起きた時は、彼女とバレンティーナと三人で、女の警察だ、とはしゃぎながら、車で容疑者探しをしたこともあったから、まんざら事件に無関係ではない。今回の話を聞いて、クリスティーナはお見舞いに来てくれたのだった。私たちは庭で話しはじめた。

「気をしっかり持つのよ」と、娘を抱いたクリスティーナがいった。

「大丈夫、次からは、私、ちゃんと棍棒《こんぼう》を家の中に置いておくから」

私は、助けを求めた時、棍棒を手に勇ましく家から出てきたバレンティーナを思い出していった。クリスティーナは生真面目《きまじめ》に頷《うなず》いた。

「私は、夫が家を留守にする時にはね、ナイフをいつも手許に置いておくのよ」

彼女の夫は軍人だ。さすが軍人の妻、と、私は感心した。クリスティーナは、自分の用心ぶりを事細かに説明しはじめた。

「食堂にいる時は、テーブルの上にナイフを置いておくの。居間に移る時も、手が届くところにナイフを置き換えておくわ。夜、寝る前には、家の戸締まりを確かめて、それからナイフをベッドの脇《わき》に置く。ナイフがどこにあるか、頭の中に入れておくのが大切よ」

「私も見習わなくちゃね」と答えた時、バレンティーナが大声を上げた。

「マサコは純粋なポリネシア人よ」

私はびっくりして、バレンティーナを見た。クリスティーナの話と、突然のバレンティーナの言動には脈絡がない。

「ほんと……だったら嬉《うれ》しいわ」といいはしたが、私は戸惑っていた。

「マサコは純粋なポリネシア人よ」と、バレンティーナは繰り返した。眉《まゆ》が興奮につりあがっている。「なぜなら」と、バレンティーナが続けた。

「なぜなら、マサコの行動は、ポリネシア人の女なら、誰だってやることだったからよ。怪しい者が来たら、家から走りでていって、近所の人に助けを求めにいく。これこそ、正真正銘、ポリネシアの女のやり方よ」

バレンティーナは、大演説をやってのけた後のように息を切らせていた。

ようやく、私にもバレンティーナのいわんとしていることがわかった。

家の中にナイフを置き、男と対等に力で闘おうとするのは、個人主義の徹底した欧米女性のやり方だといいたいのだろう。それの行き着く先は、常にピストルを携帯するということになる。

しかし、タヒチではまだ近隣の共同体の雰囲気が残っている。困ったら、隣近所に助けを求める。その助けあいの中で、共同体としての繋《つな》がりが育《はぐく》まれていく。マサコはナイフを構えて、家に籠城する必要はない。私たち、近所の者がいるじゃないか。バレンティーナが、マサコはポリネシア人よ、といった時、そこには、ポリネシア式人間関係を続けていきたいという、彼女の願いがこめられていたのだと思う。

男が女を殴る時

ジャンクロードと一緒に、パペエテで夜遅くまで飲みまくろうということになった。まずはスーパーで、ポートワインのボトルとリッツのクラッカーを買いこんで、車を止めて飲みはじめた。ボリュームをいっぱいに上げてラジオから流れてくる音楽を聴きながら、ボトルをほとんど空け、ホテルを予約した。その晩は、車で一時間かかる家に帰るつもりにはならなかったのだ。

前準備が整うと、いよいよジャンクロードの馴染《なじ》みのバー『タフナ』に出動だ。給仕をするのは、結婚相手を探すポリネシア娘たち。客筋は、タヒチ在住のフランス人から、兵隊や船乗りというところだ。歩道を占拠する形でテーブル席が並び、どこからともなく小便の臭《にお》いの漂ってくる、決して清潔とはいえないバーである。

そこで私はジン・ロック、ジャンクロードはビールを飲みはじめた。肉体美をさらけだす店の娘たちに色目を使う客連中を観察していると、カウンターに座っている娘に気がついた。カハラに似ていると思ったが、それにしては図体《ずうたい》が大きすぎる。服装も、短パンにシャツという色気のない格好だ。カハラを醜くしたような女だ。

他人の空似だろうと思って、私は視線を逸《そ》らせた。

カハラについては、もう何ヶ月も消息を聞いてなかった。最後に知ったのは、アランと別れたということだった。

別れた理由は、カハラが古き良き時代に属する女であることに起因していた。欧米社会の性道徳が蔓延《まんえん》する以前のポリネシアの女らしく、カハラは性を楽しむ娘だ。機会あるごとに他の男と寝ていたが、それがアランの嫉妬《しっと》を煽《あお》った。

アランはフランス人のインテリだ。画家でもあり、詩人でもあり、編集者の仕事をしていたこともある。しかし、その彼にしても、古来の男女の嫉妬からは逃れられなかった。

大酒呑《の》みのアランは、酔うと、カハラを殴るようになった。カハラは、アランを愛していた。殴られることに対する衝撃で、髪がぼそぼそと抜けるようになり、円形脱毛症になった。

ある時、ジャンクロードがアランに理由を聞くと、「愛しているから殴るんだ」と答えたという。

カハラは、アランは私を不感症にしたがっているのだ、と漏らして、彼の許《もと》から逃げだしたということだった。

その後、カハラは父親の仕送りで、パペエテで暮らしていると聞いていた。

私はもう一度、その娘を眺めた。やはり似ていると思って、ジャンクロードに告げると、彼は、あれはカハラだ、と答えた。

「やあ、カハラ。こっちに来ないかい」

彼が声をかけた。彼女は私たちにとうに気がついていたようで、照れた顔をして近づいてきた。

なんという変わりようだろう。顔は元のままだが、腹から尻《しり》にかけてぶっくりと太り、だるまさんのようになっている。

カハラは、ビールのコカ・コーラ割りというへんちくりんな飲み物を何杯もお代わりしながら、近況を話した。ここは別のバーで働いているということだった。

カハラは、また結婚相手探しに戻ったらしかった。しかし、痛めつけられたカハラが、新たな男と信頼関係を築くことができるだろうか。

酔っぱらったカハラは、ジャンクロードにいったそうである。

「私はこの頃、自分のまわりの女の子たちを守らなくちゃと思うの」

何から守るのかは歴然としている。アランの暴力は、カハラの中に、男に対する敵対心を植えつけたのだった。

私の知人で、同棲《どうせい》相手の男にさんざん殴られている女性がいた。目のまわりに青痣《あおあざ》を作っているのを見たり、病院に行くと骨にひびが入っていたのがわかったなどという打ち明け話を聞いたりするたびに、私は義憤を募らせていた。

ある時、新宿の居酒屋でその男と一緒になったので、「なんで、そんなに彼女を殴る必要があるの」と聞いたことがある。

「こいつは殴らないとわからないんだ」

彼は、彼女を横にして、自信たっぷりに答えたものだ。

私の知人の女性は、頭の切れる、仕事のできる人である。殴らないとわからない、といわれるのは、おかしいほどだ。

彼女も長らく、アランの論理「愛しているから殴るんだ」に縋《すが》っていたが、結局、カハラのように、彼の許から逃げだすことになった。肉体的な痛みは、いかに愛という名の許においても、我慢できるものではない。

「愛しているから殴る」という論理が、愛しているから、甘い態度だけではなく、時に厳しい態度にも出る、という部分でおさまっているのならば、それもいいだろう。しかし、「殴る」がそのまま具体的な暴力行為になっていることにおいて、アランもこの男も間違っている。

事情は少し違うが、私も何度か男に殴られたことがある。その中の二例を挙げると、ひとつは、大学時代だ。居酒屋で友人たちと飲んで、店の外に出てきた時、やはり勘定をすませて出てきていた男の一人が酔っぱらっていった。

「こいつを舐《な》めろ」

見ると、彼のズボンの前チャックが開いていて、ふにゃふにゃしたペニスが剝《む》きだされている。

「そんな汚らしいもの、なんで舐めないといけないのよ」と答えたとたん、頰を平手打ちされた。むかっとして殴り返そうとしたら、相手の男はばたばたと走って逃げていった。

次は、東京の地下鉄の中だった。パーティの帰り、私はほろ酔い気分で脚を組んで座っていた。ちらほらと立っている人がいる程度で、さほど混んでいる車両ではない。

だが、通路を歩いてきた男が私を見て、「脚組むな、馬鹿野郎《ばか》」といった。

「脚を組んだのは悪いかもしれませんが、あなたに馬鹿よばわりされる筋合いはありません」

またもや、平手打ちが飛んできた。私は平手で相手を打ち返した。男もまた平手で頬を打った。ここで私が殴り返すと、かなりの喧嘩《けんか》になるな、と思って躊躇《ちゅうちょ》した時、周囲の男性が、その男を羽交い締めしてくれたので、大事にはならずにすんだ。

こういった経験を振り返ると、男は暴力に走りやすい生き物だと思う。女は、どんなにむかっ腹を立てても、見知らぬ男を殴りつけるなどということはしない。そこには肉体的な差異が歴然として存在するから、せいぜいヒステリカルに叫ぶか、泣く程度だ。女性が感情が高ぶった時、叫ぶか泣くかという行為に走りやすいのに対して、男性は感情が高ぶると、手がでる足がでる、つまり実力行使に走りやすい。これは雄としての闘争本能に起因するのかもしれない。だから男同士ならば、雄同士の権威争いとしてまだ納得する。しかし、肉体的にも生理的にも異質な生き物、女性に対して、同質な生き物、男性と同様の実力行使に及ぶことは不当だと思う。

生後六週間の仔犬《こいぬ》をもらって飼いはじめた時、躾《しつけ》に苦労した。夜、バスルームに閉じこめておくと、きゃんきゃんと騒ぐ。行ってみると、あちこちに糞《ふん》と小便をしまくっている。糞尿の躾には時間がかかるにしろ、夜中に大声で吼《ほ》える癖は早いうちに止めておかなくてはいけない。犬だけに、言葉でいい聞かせてわかる相手ではない。それで鳴きはじめると、叩《たた》くことにしている。叩けば、仔犬は情けなさそうに、くんくんと鼻を鳴らす。そしてやっと静かになる。

「こいつは殴らないとわからないんだ」

知人の同棲相手の台詞《せりふ》がまざまざと思い出されたものだった。

結局、殴る男にとって、女とは犬なのである。相手が言葉でいってわかると信じているならば、実力行使に及ぶことはないだろう。確かに、犬や子供には、時として、躾けるために叩くことも必要だ。だが、ここで必要なものは愛情だ。愛情がなければ、叩くことは暴力となり、相手に精神的な痛手を与える。この点において、男と女の関係における実力行使は非常に危険だ。男女間の愛は、容易に憎しみに変貌《へんぼう》するからだ。こうして男による実力行使は暴力行為へと変化し、憎しみが増幅される。

しかも、女は言葉や理屈の理解できない犬でも子供でもない。なのに、男は女を犬とみなす。女は犬だ、男の言葉、男の論理は理解できない。だから殴って、躾けるしかない。これが彼らの考え方だ。

すべての男がそうだといっているわけではない。しかし、かなりの男性が、感情の波に呑まれた時、女は犬である、という論理に従って行動するのは確かだ。事実、ある雑誌の記事でこんな統計が引用されているのを見た。東京都は一九九八年、都内の男女約四五〇〇人に対して『「女性に対する暴力」調査』を行った。それによると、暴力が何度も繰り返され、立ちあがれなくなるほどの危険な暴力を受けた経験のある女性は全体の三〜五パーセントに達した。これは東京在住の二十〜六十四歳の女性の九万〜十五万人に相当するという。かなりの数の女性である。

女が犬である、とは、男は主人である、ということだ。かつて、女は家庭という首輪をつけられて、調教され、躾けられた。その長い歴史が、男に、女は犬である、という考え方を植えつけたのだろう。

だが、時代は変わっている。最近の日本では、夫は主人、妻は犬、という形態は崩れつつあるように見える。

以前、タヒチに、友人のご両親が訪ねてきた。家で夕食を食べながら話しているうちに、結婚した娘さんの話題になった。友人の妹さんである。

「まったく、うちの娘の亭主に対する態度ときたら、あんまりだ、といいたくなるようなものなんですよ」

父親が嘆かわしげにいう。話を聞くと、夫を顎《あご》でこき使い、ずけずけとものをいい、よくぞ夫はそれに耐えているものだと感心しつつも、我が娘だけに、これでいいのだろうかと当惑しているのである。

実は、私の周囲にもそんな夫婦は二、三いる。男性に対しては点の辛い私ですら、見ていて、気の毒だと同情したくなるほどに、夫の人権なぞ無視し、妻が命令を下し、こき使っている。夫もまたあきれるほど従順に、そんな妻に従っている。ここでは、先の関係は倒置し、妻が主人となり、夫が犬となっている。

因果応報というのだろうか。長年、犬の立場に甘んじてきた女たちが、こぞって反旗を翻《ひるがえ》し、男を犬の立場に貶《おとし》めることで復讐《ふくしゅう》をしようとしているかのように見える。

復讐の底にあるものは、憎しみだ。「愛しているから殴る」の論理がもたらすものは、愛ではなく、憎しみである。男女間の憎しみが、男の暴力行為によって育《はぐく》まれる。

男が女を犬にするのも間違いだし、女が男を犬にするのも間違いだ。女も男も、犬と主人という関係から離れて、新たな関係を築き直さなくてはならない。さもなければ、男と女は、犬と主人の役割を交替しつつ、愛憎ないまぜになった夫婦ごっこを続けていくしかなくなるだろう。

未来の女

ほとんど知らない作家なのに、気にかかる人がいる。冥王《めいおう》まさ子もその一人だった。私と同じ名前ということもあるし、かつて彼女の書いた子供向けの本を読んでおもしろかった記憶があったのも理由だ。もっとも、この子供向けの本というのは、彼女の作品リストを調べても見つからない。いったいどうしてこんな思い違いをしてしまっていたのかわからないのだが、とにかく、その名はずっと意識の隅にひっかかっていた。

先日、ついに『ある女のグリンプス』という、彼女の自伝的小説を読んだ。その中の一節に、私の注意は惹《ひ》きつけられた。

由岐子の方がいくらか年上なのに、龍夫ははじめから由岐子にとって規範であった。由岐子の内部で蠢《うごめ》くもののうち、龍夫が存在を認めたものだけが由岐子の真実になり、龍夫が見すごし、名づけそこなったものは由岐子の妄想、それも龍夫が誤りと断じたものと同様、ふけってはならない妄想にとどまった。あなたにだって見えないものがあるわよ、あなたには女心というものがまるでわからないのよ、と由岐子が抗議すると、龍夫は平然として、女心などというものはない、だいたい女なんてものは存在しないんだ、という。

女は存在しない、という言葉を読んで、私は、彼女もこれにやられたな、と思った。私も同じ言葉を投げかけられた経験がある。相手は画家のアランだ。最初に会った時、彼は女性の作家ということで、私に興味を抱いたようだった。しかし、残念ながら、彼はフランス語しかできないし、英語ならまだしも、私のフランス語は無惨《むざん》なので、難しい話になるともうお手上げだ。ジャンクロードが通訳してくれた言葉によると、アランはこんなことをいっていた。

「そもそも女性が小説を書くことは可能だろうか。つまり、女性にとって現実というのは、割れた鏡のようなものではないかと、僕は思っている。現実は、断片としてしか認識できないのではないだろうか」

こんなことを突然いわれても、前後の話の脈絡が見えなかった私は、何とも答えられなかった。その場は、ただ彼の意見に、はあ、と応じることしかできなかったのだが、後になってジャンクロードからアランの言葉をよく聞くと、要するに、現実を全体として把握できない女性が、小説を書く、つまり現実を作品世界に創出することは不可能ではないか、といっていたという。

「彼は、女は存在しない、と、いっていたんだよ」

これを聞いた時、私は、頭上にトンカチを打たれて、地面に埋めこまれたような衝撃を受けた。

後になって、この言葉には、他の本でも出くわした。それには、十三世紀のイタリアの神学者・哲学者、トマス・アクィナスの言葉だと紹介されていた。彼は、女は実在的な存在をしない。男に規定されているか、これから規定されるかだけの存在である、と語ったという。

『ある女のグリンプス』の由岐子の夫、龍夫が哲学者であることを考えると、この言葉はヨーロッパではかなり一般的な哲学的認識であるらしい。

家父長制社会における隷属《れいぞく》的地位に長く甘んじてきた女性の歴史を振り返ると、確かに、女は存在しない、という哲学的認識は頷《うなず》ける。平塚らいてうがいうように、

「元始女性は太陽であった」かもしれないが、太陽の時代は古代で終わり、中世以降は太陽の地位は男が独占し、女性はその光を受けて輝く月になってしまった。月は自分では輝かない。自己主張しない。自己を顕《あきら》かにできないものは、存在しないのだ。しかし、太陽、つまり男が光をあててはじめて、女が浮かびあがる。つまり女は、トマス・アクィナスの言葉でいえば、男によって規定された、男の意識による産物で、実在はしない、となる。

『ある女のグリンプス』の前出の文章の冒頭に見られる、夫が存在を認めたものが、妻の真実となる、という件《くだり》は、まさにこのことを示している。

文中の由岐子は、十八歳で高校の交換留学生としてアメリカで暮らし、帰国後も英文学者として研究を重ねている現代の知的女性である。その彼女においても、やはり、「女は存在しない」という呪縛《じゅばく》からは逃れえない。

中世以降に下されてしまった、女は存在しない、という認識は、現代においても連綿と続いている。

「女は存在しない」と言いきって、男性は痛くも痒《かゆ》くもない。男のほうは、何世紀にもわたって、男としての存在を顕かにしてきた。だから、今も、うっとうしいくらい騒々しく、その存在を誇示している。女が男の反射鏡としてしか存在しえないといえば、男は自分を神的存在ともみなすことができる。これほど気持ちのいいものはないだろう。

しかし、こんな言葉で断じられる女にとっては、たまったものではない。存在しない、といっても、自分はここにいるのだ、では、いったい自分は何なのだ、と叫びたくなる。

男も女も、人間として存在する、という考え方はできる。しかし、男が、人間としても、男としても存在しうるのに、女は、人間として存在できても、女としては存在しない、というのは、やはり納得がいかない。「女は存在しない」という言葉をまともに受けとめていくと、シモーヌ・ド・ボーヴォワールのように、「人は女に生まれるのではない、女になるのだ」と開き直るしかできなくなってしまう。

しかし、人は女に生まれるのではない、のだろうか。やはり、男と女を決定的に分離する何かがあるのではないだろうか。

トマス・アクィナスの言葉を生んだヨーロッパでは、近代以降、女が存在することを示そうとして、さまざまな女性作家たちが、女という自分たちの内面を描こうと努力してきた。この本の冒頭で取りあげたヴァージニア・ウルフもその一人だ。しかし、ヴァージニア・ウルフは夫を遺《のこ》して五十九歳で自殺した。シドニー＝ガブリエル・コレットもまた、男と女を決定的に分離するものを探ることにおいて、かなり成功している作家だと思う。だが、彼女が五十九歳の時に出版され、後年『純粋なものと不純なもの』と改題された作品において、「ここには、私の最高の人生の日々が表れている」と書かれているにもかかわらず、男友達に「おまえが女だって？　そうありたいだろうけどね……」と揶揄《やゆ》される場面が描かれている。女を描こうとした女性作家が、どこかで女としての人生に躓《つまず》いている。

マルグリット・デュラスの晩年の本『ヤン・アンドレア・シュタイナー』（河出書房新社）を読んでいたら、おもしろい文章にぶつかった。

ときには、あなたが眼をさますと同時にこわくなる。毎日ほんの数秒間にもせよあらゆる男がそうなるように、あなたは女性殺害者となる。（田中倫郎訳）

「あなた」とは、四十歳ほど年下の愛人である、ヤンのことだ。数多くの愛の遍歴を重ねてきたデュラスにおいても、男は女性殺害者なのかと、私は軽い驚きを覚えた。

現実と幻想の交差する物語、『ヤン・アンドレア・シュタイナー』においては、六十六歳のデュラスは、ヤンと一回、交わったことを記しているが、基本的に彼は男性にしか興味を見いださない同性愛者だ。ヤンは、デュラスが八十一歳で亡《な》くなるまでの十四年間、共に暮らしている。

四十歳ほども年下の若い愛人に看取《みと》られて死んだと聞くと、まったく女冥利《みょうり》に尽きると思うが、その相手が同性愛者だったと知ると、この関係は、男と女という意味では正常ではないと思わずにはいられない。

デュラスもまた、女としての人生に躓いてしまったといえる。

私は、この一節をジャンクロードに話してみた。彼にいわせれば、それはデュラス自身が、男性殺害者であるからだということだった。

デュラスかヤンか、どちらの側に最初に殺意が存在したかというのは難しい。しかし、デュラスが、すべての男に女性殺害者を見る、という時、それは過去、彼女が出会ったすべての男との間に、殺意が生ずる一瞬があったことを意味する。

男性が根源的に抱いている女性恐怖を考えれば、大多数の男性が女性殺害者であるということはいえるだろう。ただ、すべての男が女性殺害者であると見るよりは、デュラス自身が男性殺害者であり、彼女に関わった男性すべてがそれに反応して、女性殺害者となる、と見るほうが、無理はないように思える。

いずれにしろ、すべての男に女性殺害者としての姿を垣間見《かいま》るということ自体、デュラスと男との間に横たわる深い溝を感じる。女性殺害者とは、女の存在の否定者である。デュラスが、その人生において、男といい関係を築きえたとはいいがたい。先の『ヤン・アンドレア・シュタイナー』の文章を、彼女自身から出てきた真の声とみなすならば、デュラスにおける男女関係は、常に殺意と同居していたといえるだろう。彼女が小説上において、女が存在することを示す時、それは男との間の殺意を基礎にして生まれてくるということだ。この土壌に存在する「女」とは、幸福な状態でないのは確かだ。

男女間の殺意は、デュラスに限ったことではない。恋愛関係にある男か女のどちらかの側が、ほんのささいな口論や行き違いをきっかけにして、一瞬の憎悪《ぞうお》を感じるのは普通にある。その憎悪の底を探れば、殺意ということになる。この意味での殺意は、現代社会のほとんどあらゆる恋愛関係に見いだせるだろう。

女の側の殺意だけを取りあげれば、それは長年、隷属を強いられてきた女の歴史に根ざしていると、私は思う。女が、支配者という男のある断面にぶつかり、それに対して自己抑圧的な行動に陥り、これを認識することを通して、怒りや不快の念を抱く時、殺意が生まれる。

いいえ、私は男の前で自己抑圧することなんかないわ。そう断言する現代女性もいるかもしれない。実際、女性が仕事を持ち、さまざまな場で発言し、活動している現代社会においては、そんな前近代的な自己抑圧は消えてしまったかのようだ。日本社会では、むしろ、男のほうが、女の前で自己抑圧をしているように見えるし、男たちもそんなことをぼやいている。

だが、本当にそうだろうか。女が、肉体的に男の暴力を肌で感じた時、自己抑圧しないということがありうるだろうか。

私は、自己を抑圧する。東京の通りにおいて、肩をいからせて、目に狂暴な光を宿らせて歩いている男たちの前で、下手な行動をして相手の気に障《さわ》らないようにと自己抑圧する。日頃はおとなしい風情《ふぜい》をしていても、自分が精神的な窮地に立たされると、暴力を満面に湛《たた》える男の前で、自己抑圧する。そして、その屈辱的な反応を起こさせた男の暴力というものに不快になり、怒り、反発し、男に対して殺意を覚える。

だから、今、私が「女は存在する」という時、それは殺意の中に生まれた女が存在するだけだ。

昔の女たちは存在しなかった。現代の女たちは、殺意の中に存在する。しかし、それは未来の女たちに伝承したいような存在ではない。そして、そもそも、殺意の中に存在する女が、果たして、女本来の形の女であるかどうか疑わしい。「女とは何か」をつかむことは、過去の生みだした幾多の陥穽《かんせい》に足を取られないようにしつつ、未《いま》だ形のないものを造形していくようなものだ。

未来の女は、目下、建設途上である。家父長制から脱した社会で、世界中の女たちが、女は存在する、と示そうと、模索中だ。作家の世界も同様である。文章という形で、さまざまな女性の作家たちが、世界のあちこちで、それぞれの内面を文字化しようと努力している。

冥王まさ子も、その一人として、私は『ある女のグリンプス』を共感しつつ読んだ。この人と会って話をしたいと思ったが、彼女は離婚して、再出発のためにアメリカに渡って一年後、動脈瘤《りゅう》破裂で亡くなっていたことを知った。一九九五年のことだ。「私だけの部屋」から出発して、タヒチで暮らしはじめて二年になる。だが、私はまだ、その出発点に立ったばかりのような気がしている。

「愛」という名の罠《わな》

映画やテレビで、「愛している」という台詞《せりふ》を耳にするたびに、背筋がむずがゆくなる。どうも、日本人としての私の感性に違和感を覚えさせる言葉だ。

日本人は、自己と他者との境界の曖昧《あいまい》な者たちだと、私は思っている。例えば、精霊信仰を強く引きずっている日本人が「神さま」という時、その神は、周囲にある木、水、石、どこにでも宿っていて、さらに自分の中にもいる。神は、自分も含めた宇宙に遍在している。神への愛、というものを考える時、日本人には、それが世界に対するものか、自分の中の何かに対するものか、はっきりさせることはできない。

キリスト教社会を形成したヨーロッパ人が「神」という時には、明確にひとつの対象がある。神への愛は、個人から、神という対象に向かって発せられていく。この構造は、ヨーロッパにおける男女の愛にもあてはまる。男女の愛とは、一個人から、別の個人に向かって発していくものである。現代日本の私たちが使っている「愛している」という言葉は、ヨーロッパから輸入されたこの概念に基づいている。

しかし、日本人の男女が「愛している」という時、深層心理にあるのは、遍在する愛だ。その愛には方向性がない。どこから発して、どこに行くものか、はっきりしない。私たちはヨーロッパの概念としての「愛」を、別の意味で使っているのだ。「愛している」という日本語に私が覚える違和感は、この差に根ざしているのではないかと思う。

伊藤整の『近代日本における「愛」の虚偽』というエッセイに、こんな件《くだり》がある。

多分、愛という言葉は、我々には、同情、憐《あわ》れみ、遠慮、気づかい、というもの、最上の場合で慈悲というようなものとしてしか実感されていないのだ。そして、そのような愛という言葉を、日本人が恋において使い、夫婦において使い、ヒューマニズムという言葉を、道徳の最終形式のように使うとき、そこには、大きな埋められない空白が残るのだ。

この、大きな埋められない空白、が「愛」の虚偽に繋《つな》がっていく。後段で伊藤整は、こうも書いている。

心的習慣としての他者への愛の働きかけのない日本で、それが、愛という言葉で表現されるとき、そこには、殆《ほと》んど間違いなしに虚偽が生れる。毎日の新聞の身上相談を見るだけでも足りる。「私の方で愛しているのに私を棄《す》てた」とか、「私を愛さなくなったのは彼が悪い」などという考え方でそれらは書かれている。実質上の性の束縛の強制を愛という言葉で現代の男女は考えているのだ。愛してなどいるのではなく、恋し、慕い、執着し、強制し、束縛し合い、やがて飽き、逃走しているだけなのである。

伊藤整のエッセイは四十年以上も前に書かれたものだ。時代は進み、日本人は心の底から欧米化したと信じている人もいるだろう。テレビや映画でさんざん「愛しているよ」という台詞を聞いて育った現代の若者たちは、何のてらいもなく「愛しているよ」といえるし、その言葉を自然なものとして受け止めているように見える。今の日本人は、ヨーロッパ的な意味で「愛している」ということができる、と断じる人もいるかもしれない。

私には、日本人の精神土壌がそう簡単に変化するとは思えないが、よしんば、時代が変化して、日本人が欧米人同様に「愛している」という言葉を使うようになっているとしても、そこにはまた別の罠が待っている。伊藤整のいう、「性の束縛の強制を愛という言葉で考えている」のは、現代欧米人も同様だからだ。

現代欧米社会においても、「愛している」という言葉は、一夫一婦制を保持するため、性的に相手を縛る呪《まじな》いとして使用されている。その呪いがきかなくなり、さまざまな愛が壊れ、再築され、また壊れ、の繰り返しが、欧米も日本も含めて、現代人の生活を混乱に陥れている。

欧米化によって、日本人としての精神性に由来する「愛」の虚偽を解決できたとしても、愛という言葉そのものにまとわりつく、現代文明世界共通の罠が待っている。

現代人が「愛」を性の束縛のための道具として使用していることは、フェミニズム論のもとでは、自明の理として語られるようになっている。しかし、「愛」に仕掛けられた罠を見破ったからといって、そこから逃れられるわけではない。

いくら「愛」の内包する問題を理解しても、いざ個人として男女関係にまみえた時、どれだけの人が知性によって自分の行動や感情を律することができるだろうか。一人の男を他の女と争うことになった場合、その状況から生じる、嫉妬《しっと》、憎しみ、肉体の交わりからくる執着、独占志向といったものに思考経路を阻《はば》まれずに物事に対処できる女性はどれだけいるだろうか。

「愛」にまとわりつく罠から逃れるためには、論理的に納得するだけでは充分ではない。私たちの内に、文化的心理的に組みこまれたものを弾《はじ》きとばすためには、強く、朗らかな精神が必要だ。

私たちは、かつてのポリネシアの女たちのように、「愛」を笑いとばすことからはじめるべきではないだろうか。

文明社会の造りあげた、性を束縛するための仕掛けとしての「愛」を笑いとばすこと。同時に、そこから生じる憎悪《ぞうお》も精神的混乱も笑いとばすこと。ここに健康的な土壌が生まれる。文化的心理的罠を取り払った朗らかな土壌に、現代人は、新たな男女関係をうち立てていかなくてはならないのではないだろうか。

最後に一言。

この本に記したことは私の考えである。絶対の真理ではない。

二〇〇〇年五月「海の彼方《ウートル・メール》」にて

坂東眞砂子

「私だけの家」から「私の家」へ

タヒチに暮らしはじめて五年が過ぎ、家族もできた。チチとその息子モモ、迷い子だったユキの三匹の猫と、犬のミツである。

庭の様子もずいぶん変わった。

海辺の敷地にはコテージを、家の脇《わき》にあるマンゴーの樹上にも小屋を作った。家の裏手から、谷に沿って続く細長い土地も手に入れた。地図で見ると、この土地は、谷が果てて、山にぶつかるまで続いているが、最終地点を確かめたことはない。道もない急斜面の林が続き、よほどの覚悟がないと辿《たど》りつけそうもないからだ。

渓流が横切り、所々に滝のあるこの「裏山」は、私の「不思議の国」だ。マンゴーやアボカドの林、バニラの蔦《つた》の群生、ターメリックや生姜《しょうが》の茂みが広がっている。ここに小径《とみち》を三本ほどつけ、ミツを連れて散歩するようになった。

子供時代、私は山歩きが好きだった。高知の家の裏手に広がる山を、よく一人で歩いたものだ。裏山を持てたことが、私に及ぼした影響は大きい。深い安堵《あんど》感というのだろうか、子供時代に戻ったような楽しさを、この散歩道に感じている。

私は毎日、ミツと一緒に、裏山で遊んでいる。私にとっての遊びは、斜面を這《は》いあがって蔦を切ったり、道の雑草を抜いたり、不必要な木を切ったりすることだ。そして、裏山と書斎の往復で一日が過ぎていく。

これが「私だけの家」である。「俺《おれ》の土地から出ていけ」と怒鳴られることなく、安心して散歩できる土地があり、自分の空間、自分の家がある。しかし、ここに他者が存在しない。家族と呼ぶのは、犬猫だけである。ジャンクロードは、この生活を称して「老嬢の暮らし」という。

いわれてみると、確かにそうだ。果たして、これが私の求めていた生活だったかというと、そうではない。老嬢になりたくて、「私だけの家」を求めたわけではない。

どこで間違ってしまったのか。

私が「私だけの家」を求めたのは、男と一緒に同じ屋根の下にいると窮屈だからだ。なにしろ私は「日本の女」として、厄介な習癖が身についてしまっている。男のご機嫌を窺《うかが》ってしまうのだ。相手が、関心のない男だったらそんなことはさほど起こらないが、そんな男と一緒に、ひとつ家に住むことはまずない。同じ家に住む相手は、基本的に、惚《ほ》れている男と決まっている。とすれば、「日本の女」として、「いい娘《こ》ちゃん」になりたくなり、ついつい相手の気分や好みに合わせようとする。もしくは、それに反発するあまり、あまりにも相手を無視した自分勝手な行動を取ってしまう。男と一緒に暮らすと、自由でのびのびした感覚を失ってしまうのだ。

これは日本の女だけの問題ではない。ウルフが「私だけの部屋」を、サートンが「独り居」を求めたことは、欧米の女たちもまた、同様の障壁にぶつかることを示している。

そして、「独り居」を完遂したサートンの中に渦巻く怒りとは、女の自由を求めて突き進んだはずが、「老嬢の暮らし」に落ち込んでしまった自分自身を発見したことに起因するのではなかったかと思う。サートンが同性愛に向かったのも、家族を求めた結果ではないだろうか。男を「私だけの家」に迎え入れることができないために、女にその希望が託されたのだろう。

しかし、ウルフが「私だけの部屋」の講演を行ったのは約八十年前、サートンが独りで田舎家に住まいはじめたのは約五十年も前の話である。現代の欧米では、自由でのびのびとした気持ちで、男と一緒に暮らすことができる女たちが大勢いると思う。

日本の女の状況は、彼女たちよりもずっと深刻だ。個人主義の土壌のある欧米では、女が個人として男と対峙《たいじ》することは比較的容易だからだ。しかし、個人は無視され、集団や家族が重視される日本において、女が、夫を個人として捉《とら》えることは不可能に近い。夫＝「ご主人さま」である。もしくは、その反作用で、夫＝奴隷《どれい》となる。恋人であっても、この頸木《くびき》からは逃れられない。恋人とは、未来の夫である。日本の女は、男とつきあうようになった瞬間から、「ご主人さま」に対する条件反射か、その反作用を起こしてしまうのだ。

この「ご主人さま」の呪縛《じゅばく》（欧米においては、父系社会の呪縛といえるだろうが）から逃れるためには、「私だけの家」を確保するしかない。「私だけの」と、「だけ」を強調している間は、女は男への隷属の過去を忘れきっていない、「ご主人さま」の呪縛がまだ働いていることを意味する。

しかし、「私だけの家」は、女にとっての過渡期の家だ。最終目的は、ただの「私の家」である。「男の城」でも「女の家」でもない。女がその住む家を「私の家」と呼び、一緒に暮らす男が「僕の家」と呼ぶことが可能な家。その時、男と女は対等な個人として、ひとつの家を分かち合うことができるのだろう。私は今この家が「私の家」となり、ジャンクロードもまた「僕の家」と呼べる日が来ることを望んでいる。しかし、それはなかなかに難しい。「日本の女」のしがらみは、容易に私を放してはくれない。

タヒチに住みはじめた時、私は、これで日本から脱出したと思ったものだった。とんでもない思い違いだった。肉体的に日本から出ることができても、日本人であること、日本の女であることから脱することは至難の業だ。私はなにも日本人であることが悪いことだといっているのではない。日本人を形づくるひとつの要因を取りあげていっているのだ。それは、感情においても思考においても、個人よりも集団の感情や意図が優先され、しかもたちの悪いことに、私たちが気がつかないうちに、集団に合わせた感情や思考を抱いてしまうという点だ。

その結果、私たちは集団の意向以外の感じ方や考え方がほとんどできなくなっている。個人としての感情や思考が希薄なのだ。日本人がなかなか個人としての意見を持てないのも、ここに起因している。

およそすべての日本人は、自分の内に「日本の声」を抱えていると思う。その声は、何か感じたり、考えようとした時、「日本人なのだから、こう考えなさい、こう感じなさい」と伝えてくる内なる声だ。

私が「私だけの家」を日本の外に持ったのは、この家の中に、日本の声をもたらしたくはなかったからだ。これは、けっこう成功した。私の敷地は聖域となり、ここまでは日本の声は届かない。

しかし、それも「私だけ」でいる範囲内だ。家に誰か訪ねてきたり、私が敷地から出ていったりして人と対峙するや、内なる「日本の声」が木霊《こだま》する。あしちゃいけません、こうしなくちゃいけません。そして、私は、その声に忌《いま》忌《いま》しく思いつつ、従ってしまうのだ。

内なる「日本の声」が聞こえなくなった日、私は、「私の家」を持ち、やっと日本の外で暮らしているといえるのだろう。

二〇〇三年五月一日

波の音を聴きつつ、タヒチにて

この作品は平成十二年六月新潮社より刊行された。

坂東眞砂子著
桃色浄土
鄙びた漁村に異国船が現れたとき、惨劇の幕はあがった――土佐に伝わるわらべうたを素材に展開される、直木賞作家の傑作伝奇小説。

坂東眞砂子著
山妣（上・下）
直木賞受賞
山妣がいるてや。赤っ子探して里に降りて来るんだいや―明治末期の越後の山里。人間の業と雪深き山の魔力が生んだ凄絶な運命悲劇。

宮部みゆき著
本所深川ふしぎ草紙
吉川英治文学新人賞受賞
深川七不思議を題材に、下町の人情の機微とささやかな日々の哀歓をミステリー仕立てで描く七編。宮部みゆきワールド時代小説篇。

宮部みゆき著
火車
山本周五郎賞受賞
休職中の刑事、本間は遠縁の男性に頼まれ、失踪した婚約者の行方を捜すことに。だが女性の意外な正体が次第に明らかとなり……。

髙村薫著
神の火（上・下）
苛烈極まる諜報戦が沸点に達した時、破天荒な原発襲撃計画が動きだした――スパイ小説と危機小説の見事な融合！　衝撃の新版。

髙村薫著
リヴィエラを撃て（上・下）
日本推理作家協会賞／日本冒険小説協会大賞受賞
元ＩＲＡの青年はなぜ東京で殺されたのか？白髪の東洋人スパイ《リヴィエラ》とは何者か？　日本が生んだ国際諜報小説の最高傑作。

白川道著
海は涸いていた

裏社会に生きる兄と天才的ヴァイオリニストの妹。そして孤児院時代の仲間たち——。男は愛する者たちを守るため、最後の賭に出た。

重松清著
ナイフ
坪田譲治文学賞受賞

ある日突然、クラスメイト全員が敵になる。私たちは、そんな世界に生を受けた——。五つの家族は、いじめとのたたかいを開始する。

真保裕一著
ホワイトアウト
吉川英治文学新人賞受賞

吹雪が荒れ狂う厳寒期の巨大ダムを、武装グループが占拠した。敢然と立ち向かう孤独なヒーロー！　冒険サスペンス小説の最高峰。

桐野夏生著
ジオラマ

あたりまえのように思えた日常は、一瞬で、あっけなく崩壊する。あなたの心も、変わってゆく。ゆれ動く世界に捧げられた短編集。

小野不由美著
屍鬼
（一～五）

「村は死によって包囲されている」。一人、また一人、相次ぐ葬送。殺人か、疫病か、それとも……。超弩級の恐怖が音もなく忍び寄る。

恩田陸著
六番目の小夜子

ツムラサヨコ。奇妙なゲームが受け継がれる高校に、謎めいた生徒が転校してきた。青春のきらめきを放つ、伝説のモダン・ホラー。

新潮文庫最新刊

山口瞳・著
重松清・編
山口瞳「男性自身」傑作選
―中年篇―

いま静かに山口瞳ブームが続いている！再評価される名物コラムの作品群から、著者40代の頃の哀歓あふれる名文を選び再編集した。

坂東眞砂子著
愛を笑いとばす女たち

西の涯ての楽園・タヒチに居を移した作家が、愛と性、男と女の諸相をスパイシーに論じ、近代文明の有様に匕首を突きつけるエッセイ。

大槻ケンヂ著
オーケンの散歩マン旅マン

〽プ～プワワ～プワワ～。近所からインドまで、御存知、オーケンの旅＆散歩エッセイ。今日もまた、ホテホテとさすらうのだった。

川崎洋著
かがやく日本語の悪態

落語、遊里、歌舞伎、文学作品、方言、キャンパス用語などから集めた味わい深い悪口の数々。魅力あふれる日本語の「悪態大全」。

船曳建夫著
二世論

できる親のコドモはホントにできる？『知の技法』の編著者が28人の著名二世へのインタビューをもとに説く本邦初の二世入門書。

坂本敏夫著
刑務官

所内殺人、脱走、懲罰、そして死刑執行。全国の獄を回った元刑務官だからこそ書ける、生生しい内側。「不審死」が続く、その闇を告発。

愛《あい》を笑《わら》いとばす女《おんな》たち

新潮文庫　は－26－4

平成十五年六月一日　発行

著者　坂《ばん》東《どう》眞《ま》砂《さ》子《こ》

発行者　佐藤隆信

発行所　株式会社　新潮社

郵便番号　一六二―八七一一
東京都新宿区矢来町七一
電話　編集部(〇三)三二六六―五四四〇
読者係(〇三)三二六六―五一一一

価格はカバーに表示してあります。

乱丁・落丁本は、ご面倒ですが小社読者係宛ご送付ください。送料小社負担にてお取替えいたします。

印刷・大日本印刷株式会社　製本・加藤製本株式会社

ISBN4-10-132324-0 C0195